# 마음이 들리는 동물병원 2

BOOK PLAZA

SAKURAI DOBUTSU BYOUIN NO HUSIGINA JUISAN vol.2
©Yuki Takemura 2018
All rights reserved.
First published in Japan in 2018 by Futabasha Publishers Ltd., Tokyo.
Korean translation rights arranged with Futabasha Publishers Ltd.
through JM Contents Agency Co.

# 마음이 들리는 동물병원 2

**타케무라 유키** 지음 | **현승희** 옮김

✚

목차


프롤로그


제1장
네덜란드 토끼와 검은 괴물


제2장
고슴도치와 소녀의 우울


제3장
미니어처 말이 꿈꾼 가족


제4장
공원에 남은 리쿠의 흔적


에필로그

프롤로그

살인적인 더위라며 떠들썩했던 한여름의 무더위도 어느덧 지나간 9월 초.

날짜로는 이미 가을이라지만, 일기예보를 보니 한동안은 오전부터 30도를 웃도는 날이 계속될 모양이다. 사쿠라이 아키는 컴퓨터 앞에서 무거운 한숨을 내뱉었다.

이곳 사쿠라이 동물병원에는 사쿠라이 호텔이라 불리는, 동물의 입원뿐 아니라 임시 보호까지 가능한 시설이 갖추어져 있다. 전 원장이었던 아키의 할아버지가 정성 들여 만든 장소였다. 병원 치료실과 연결되어 있지만, 외부에서 드나들 수 있는 출입문도 따로 달려있다.

항상 수많은 동물로 북적이는 사쿠라이 호텔에 바로 며칠

전, 근처 초등학생들이 구조한 강아지 형제 두 마리가 새로 또 들어왔다.

생후 두 달 남짓 된 강아지들은 더운 날씨에 기운을 잃은 채, 열사병에 걸리기 일보 직전의 상태였다.

아키와 사쿠라이 동물병원의 유일한 간호사인 나카무라 유키가 헌신적으로 간호한 끝에 나아지긴 했지만, 체구가 작은 어린 강아지니만큼 아직은 조심해야 한다.

그래서 아키는 일기예보를 보며 산책 타이밍을 재고 있었다.

한동안 컴퓨터 모니터를 들여다보고 있자니 고양이 메로가 소리도 없이 다가와 키보드 위에 털썩 주저앉았다.

"메로……. 안 보여."

"아키, 이마."

"쓰담쓰담, 해줘?"

메로의 미간을 손끝으로 쓰다듬자 메로는 만족스러운 듯 눈을 가늘게 뜨더니 이내 그르렁거리기 시작했다. 메로 때문에 모니터에는 알 수 없는 문자들이 잔뜩 찍혀 있었지만, 이 표정을 보면 그런 것 따위는 아무래도 좋았다. 미간에 이어 목과 꼬리 끝부분을 차례로 쓰다듬자 메로는 말랑말랑한 몸을 풀썩 옆으로 뉘었다.

메로의 목에는 하늘색 반다나가 매여져 있었다. 사쿠라이 동물병원에 자주 드나들게 된 대학원생, 데즈카 하야토가 맡긴 반다나다. 데즈카의 반려동물이자 지금은 실종된 골든 리트리버인 리쿠가 매고 다니던 반다나라고 한다.

리쿠가 사라진 지 벌써 5년도 더 지났건만, 반다나의 냄새를 맡자마자 메로는 "이 냄새 알아"라고 했다. 메로는 올해 봄에 태어났다. 만약 메로가 리쿠를 만난 적이 있어서 냄새를 기억하는 거라면, 리쿠가 최근까지 이 근처에 있었다는 말이 된다.

그러나 동물과 대화할 수 있다는 사실을 숨기고 있는 아키는 메로가 가르쳐 준 정보를 데즈카에게 모두 다 털어놓을 수 없었다. 그래서 메로의 후각을 이용해 보겠다는 다소 억지스러운 이유까지 대며 리쿠의 반다나를 가지고 왔다. 하지만……

"메로, 리쿠 냄새가 났다고 했는데, 그게 어디야…?"

"부드러운 풀이 많이 있는 곳."

"그, 그래. 어떤 느낌이었어…?"

"푹신푹신."

현재 쓸만한 정보는 얻지 못한 상태다.

애당초 고양이의 후각은 개의 10분의 1 정도로, 대단히 뛰어나다고는 할 수 없는 편이다. 게다가 고양이는 원래 제멋대로인 동물이라 개처럼 사람을 도와주고 칭찬받아야겠다는 욕구가 없다.

아키는 고양이의 그런 자유분방한 성격을 매력이라고 여기면서도, 리쿠를 찾기 위한 단서가 너무 적어 애를 먹고 있었다.

"여기저기 산책하다 보면, 분명, 뭔가 생각, 나겠지."

지금으로선 달리 방법이 없는 만큼 아키는 장기전을 각오하고, 외출할 때마다 가급적 메로를 데리고 나가기로 마음먹었다.

"아, 슬슬, 산책 시간, 이네."

"가자."

메로는 마치 강아지처럼 산책이란 단어에 민감한 반응을 보이며 아키의 어깨에 훌쩍 올라탔다. 메로의 몸무게는 현재 1.7킬로그램이었다. 태어나자마자 영양실조를 앓은 탓에 보통 고양이보다 성장이 다소 느려서 몸무게가 가벼운 편이다. 그래도 이렇게 갑자기 어깨에 올라타면 순간 중심을 잃을 정도로 자라긴 했다.

"많이, 컸네."

그 무게를 사랑스럽다고 느끼며, 아키는 몸을 일으켜 사쿠라이 호텔 쪽으로 걸음을 옮겼다.

시간은 오전 8시. 강아지들에게 목줄을 채우고 있는데 갑자기 인터폰이 울렸다.

"아키 선생님."

찾아온 사람은 강아지 임시 보호 때마다 산책을 자처하는 데즈카였다. 아키는 그를 안으로 안내한 다음 목줄을 건네주었다.

"데즈카. 산책, 저도 갈래요."

"바쁘신 거 아니에요, 아키 선생님?"

"리쿠를 찾고 싶어, 서요. 메로도 같이, 갈 거예요."

"대부대네요."

데즈카는 고개를 끄덕이며 행복한 미소를 지어 보였다.

요 몇 달 내내 아침마다 보는 이 미소야말로, 아키에게는 가장 큰 낙이었다.

"제가 메로를 어디서 주웠냐고요?"

"네! 대학 근처, 라고 했죠? 가보고 싶어서요."

산책에 나선 두 사람은 먼저 데즈카가 다니는 대학교 쪽으로 향했다. 이유는 당연히 메로의 기억을 되살리기 위해서였다. 아키는 데즈카가 구조하기 전, 메로가 있던 장소를 더듬어 가다 보면 무언가 기억의 실마리를 찾을 수 있지 않을까 생각했다.

"상관은 없는데…. 설마 아키 선생님, 진짜 메로한테 리쿠를 찾게 할 생각이세요?"

"당연, 하죠! 그러니까, 이렇게, 반다나 냄새를 기억시키고, 있잖아요."

"그, 그렇군요. …뭐, 잘 어울리긴 하지만요."

데즈카는 아키의 어깨에 올라탄 메로의 반다나를 살짝 쓰다듬었다. 메로는 기분 좋은 듯 냐옹 하고 울었다.

그로부터 십여 분 정도 걸음을 옮기자 나무로 둘러싸인 길목에 이르렀다. 푸르게 잎이 우거진 가로수들 사이로 아침 햇살이 부드럽게 아키 일행을 비추었다.

"여기, 무척, 편안하네요."

"이 울타리 안쪽은 대학 캠퍼스예요."

"네에?!"

깜짝 놀라 고개를 들어보니 울타리 안쪽으로 큼지막한 건물이 또렷이 보였다. 숲속에 들어온 듯 무성한 나무가 둘러싼 가운데, 넓은 부지에 길쭉하게 세워진 학교 건물은 마치 외국 건축물 같은 느낌을 풍겼다.

아키는 울타리에 매달리다시피 붙어 그 풍경을 바라보았다.

"학교가, 근사해요!"

"전 매일 오는 곳이라 이제 아무 느낌도 없지만…. 그렇게 감탄하시니 으쓱해지네요. 확실히 저도 여기 처음 왔을 땐 한눈에 반했었어요."

"곤충이나, 새가, 많이 있을 것, 같아요!"
"하하, 다음에 한 번 찾아보죠."

계속해서 뒤를 돌아보는 아키를 보며 데즈카는 큰소리로 웃었다.

이윽고 정문 앞에 다다르자, 정문 맞은편으로 쭉 뻗은 좁은 골목길이 보였다. 아키는 그 길을 바라보며 우뚝 멈춰 섰다.

차가 아슬아슬하게 지나갈 정도로 좁은 길 양쪽으로는 민가가 늘어서 있었고, 담 위로는 고양이가 느릿느릿 걸어가고 있었다.

절로 발걸음을 옮기고 싶어지는, 모험심을 자극하는 길이었다.

그러던 그때, 데즈카가 갑자기 길가의 버스 정류장을 가리키는 바람에 아키는 시선을 돌렸다.

"저 버스 정류장 의자 아래에서 메로를 발견했어요."
"아, 저기, 였군요…!"

아키가 뛰자 두 강아지도 덩달아 뛰기 시작했다. 데즈카는 갑작스레 당겨진 목줄에 휘청이면서도 아키의 뒤를 따라갔다.

버스 정류장에 도착한 아키는 바로 의자 밑을 들여다보았다. 어두컴컴하고 습한 느낌에 가슴이 턱 막혀 왔다.

"메로, 여기… 있었어?"

"냐앙."

메로는 풀숲을 헤치며 코를 킁킁거렸다. 그 모습은 마치 그리워 보이기도, 쓸쓸해 보이기도 했다.

수많은 감정이 북받쳐 올라 몸을 제대로 움직이지 못하는 아키 옆에서 데즈카는 가만히 무릎을 꿇었다.

퍼뜩 정신을 차리고 고개를 들려던 바로 그때, 돌아서던 메로와 눈이 마주친 아키의 머릿속에 순간적으로 낮은 시선으로 본 풍경이 밀려들었다.

'이건, 혹시, 메로가 본 풍경…?'

아스팔트가 흔들흔들 좌우로 흔들렸고, 시야 한쪽엔 허공에 둥둥 떠 있는 작은 뒷다리가 반복적으로 비쳤다가 사라졌다. 순간적으로 아키는 이 풍경이 어미 고양이가 메로를 물고 이동하던 순간의 기억임을 깨달았다.

메로는 대롱대롱 매달린 채로 궁금한 듯 주위를 두리번두리번 둘러보았다. 이윽고 바로 정면에 아키가 막 지나쳐 온 대학 정문이 보였다.

"앗, 저 길은…!"

"으앗!"

아키가 갑자기 고개를 번쩍 들며 말하는 바람에, 데즈카는 깜짝 놀라 눈을 휘둥그레 떴다.

"미안, 해요!"

"갑자기 왜 그러세요? 저 길이라뇨?"

"아! 그게, 정문 앞에 있는, 좁은 골목길 같은…!"

"아, 있어요. 지름길로 자주 이용하는….'

"가, 가봐요!"

아키는 메로를 끌어안고서, 왔던 길을 따라 정문으로 되돌아갔다. 그리고 길을 가로질러 아까 본 골목길로 거침없이 접어들었다.

"잠깐, 잠깐만요. 아키 선생님, 왜 그러세요?"

데즈카는 당황해하며 앞서가는 아키의 어깨를 짚었다. 데즈카의 표정을 보고 나서야 아키는 겨우 마음을 가라앉힐 수 있었다.

"어, 그게…, 메로가….'

"메로가?"

메로가 이 길을 지나 여기 온 것 같다는 말을 차마 꺼낼 수 없어 입을 꾹 다물었다. 그러나 데즈카는 더 캐묻지 않고 웃음만 터뜨렸다.

"이 길은 차도 별로 없고 그늘도 많아서 고양이가 꽤 많이 오가요. 혹시 아키 선생님, 고양이의 기척이라도 느끼셨어요?"

"어, 그게….'

"기왕 온 김에 한 번 가보죠. 참고로 여기서부터 1킬로미터 정도 걸으면 젠푸쿠지 공원이 나오는데, 이곳 고양이들은 거의 다 거기서 볼 수 있어요. 활동 영역인가 봐요."

"젠푸쿠지, 공원…, 이군요!"

젠푸쿠지 공원은 사쿠라이 동물병원이 있는 기치죠지와 니시오기쿠보 중간쯤에 자리한 도립공원이다. 예전부터 있던 커다란 젠푸쿠지 연못을 중심으로 조성된 공원이라고 한다.

이 근방에서 공원 하면 이노가시라 공원이 압도적으로 유명하지만, 젠푸쿠지 공원도 꽤 넓고 자연환경이나 관리 상태가 좋아 인기가 많다. 기치죠지에서 나고 자란 아키에겐 익숙한 곳이었다.

고양이가 있다는 말에 아키는 문득 어떤 예감 같은 것을 느꼈다.

데즈카를 올려다보니, 마치 모든 걸 예상했다는 듯한 미소를 짓고 있었다.

"가보실래요? 조금 걸어야 하지만요."

"괜찮, 아요…?!"

"그럼요."

그렇게 아키 일행은 젠푸쿠지 공원으로 향했다. 도중에 잠시 쉬어가며 천천히 이동했는데도 불과 이십여 분 만에 잔물결이 반짝이는 연못이 보이기 시작했다.

다시 생각해 보니, 젠푸쿠지 공원은 정말 오랜만이었다. 연못과 흙 내음을 한껏 들이마시자 문득 아련한 향수가 밀려왔다.

아키는 메로를 땅에 살포시 내려놓았다.

'이 장소, 기억, 나니…?'

온 신경을 손가락 끝에 모아 메로의 머리를 슬쩍 쓰다듬었다. 하지만….

메로는 그대로 땅에 발라당 드러눕더니 배를 드러낸 채 "냐옹" 하고 울었다. 아무래도 메로의 집중력은 진작 날아가 버린 듯했다.

"아까보다 더워져서 지쳤나 봐요. 오늘은 이쯤하고 갈까요?"

"아…, 그렇, 네요…!"

아키는 어느새 너무 몰입해 있었던 것을 반성하며 데즈카를 향해 고개를 끄덕였다.

그리고 겨우 집으로 발길을 옮겼다.

아키가 조사를 재개한 건, 그날 진료 시간이 끝난 후였다.

저녁 무렵, 데즈카에게서 급한 일이 생겨 학교에서 빠져나오기 어렵다는 연락이 왔다. 어쩔 수 없이 아키는 혼자 강아지들과 메로를 데리고 다시 젠푸쿠지 공원을 찾았다.

개 두 마리와 고양이 한 마리를 줄에 묶어 데리고 걷는 모습은 지나가는 사람들의 이목을 끌었지만, 아키는 이미 그런 시선에 익숙했다.

메로와 강아지들이 가고 싶은 방향대로 따라가며 연못 주위를 알짱거린 지 십여 분쯤 됐을 때였다. 갑자기 메로가 부자연스럽게 움직임을 멈추며 귀를 쫑긋 세웠다.

"메로…?"

옆에 웅크리고 앉자, 메로는 아키를 똑바로 바라보았다. 그 순간, 아키의 머릿속으로 과거 모습처럼 보이는 이미지가 다시금 흘러 들어왔다.

그것은 당장이라도 닫혀버릴 듯 가느다란 시야였다. 그리고 콩닥콩닥 약해진 심장 소리와 들썩이는 몸. 아키는 메로가 쇠약해졌을 때라는 걸 바로 알아차렸다.

차오르는 긴장과 좁은 시야 속에서 간신히 보인 것은 몸을 핥아주는 혀였다.

아마도 어미 고양이겠지.

이윽고 메로의 몸이 둥실 떠오르더니 움직이기 시작했다.

오전에 메로가 보여준 이미지와 연결되는 순간이었다.

아마 메로는 젠푸쿠지 공원에서 태어났다가 몸이 약해졌고, 어미 고양이에 의해 대학 쪽으로 옮겨졌으리라.

'그런데 대체 왜 대학교 쪽에…'

궁금증은 한층 더 커져만 갔다. 차가 많이 다니는 대학 주변보다는 자연 친화적인 젠푸쿠지 공원 쪽이 훨씬 더 안전했을 텐데.

이윽고 메로의 머릿속 이미지가 사라지자, 아키는 멍하니 생각에 잠겼다.

"……한 번 더, 학교 쪽으로 가볼, 까?"

아키는 잡힐 듯 잡히지 않는 초조함을 느끼며 일단 대학 쪽으로 가자는 생각에 강아지들의 리드줄을 잡아끌었다.

아침에 데즈카와 함께 대학에서 젠푸쿠지 공원까지 걸었던 길을 반대로 걷다 보니, 기억에 또렷하게 남아 있는 그 좁은 골목길이 나타났다.

대학교 정문에서 정면으로 이어지는 고양이가 많이 다니는 골목길이다. 아키의 발걸음은 자신도 모르게 빨라졌고, 정문이 시야에 들어온 바로 그 순간—.

"아키."

갑자기 메로가 아키의 이름을 불렀다.

깜짝 놀라 발걸음을 멈추자, 메로는 유리알 같은 눈에 눈물을 머금은 채 아키에게 무언가를 호소하려 했다. 그리고….

곧바로 머릿속에 흘러 들어온 이미지 속에는 아키가 잘 아는 사람의 모습이 있었다.

초조한 표정으로 메로를 바라보며 천천히 부드러운 손길을 내미는 데즈카였다.

조심스레 메로를 안아 올린 데즈카는 양손으로 소중하게 감싸들고 달음박질쳤다. 뛰는 방향은 말할 것도 없이 사쿠라이 동물병원이었다.

그러나 병원 간판이 보이기도 전에 메로의 시야는 새카매졌다. 동시에 이미지가 툭 끊겼다.

"데즈카…"

메로를 통해 본 것은 데즈카에게 구조되었을 때의 기억이었다. 데즈카가 빈사 상태인 메로를 데려온 날을 아키는 똑똑히 기억한다.

"메로…"

"냐옹."

"다행, 이다. 구조돼서."

메로를 끌어안은 양팔에 자꾸 힘이 들어갔다.

단 하나 의문인 것은, 메로의 기억 속에 리쿠로 보이는 모습이 일절 보이지 않는다는 점이었다.

아키가 본 것이라곤 쇠약해진 메로의 몸을 계속해서 핥아주고, 물어다가 대학 쪽으로 옮긴 어미 고양이의 존재뿐이었다. 학교 앞에 온 후 어미 고양이의 기척은 사라졌고, 얼마 지나지 않아 데즈카에게 구조되었다.

젠푸쿠지 공원에서 쇠약해져 있던 메로의 모습만 봐도 학교 앞에서 데즈카를 만날 때까지 그리 시간이 많이 지나지 않았을 터라 의문은 커져만 갔다.

'리쿠를 만난 게, 좀 더, 전이라거나…?'

그렇게밖에 생각할 수 없었지만, 어딘가 찜찜한 느낌이 남았다. 메로가 태어난 후부터 몸이 약해질 때까지 얼마나 걸렸는지는 아직 알 수 없었다. 그러나 구조 당시 메로는 아직 생후 한 달 미만이었다. 그 시기는 보통 어미 고양이가 가장 예민할 때라서 도저히 개가 가까이 오는 것을 허락했을 것 같진 않았다.

아키는 곰곰이 생각하며 터덜터덜 데즈카가 메로를 주운 버스 정류장까지 걸어갔다. 그리고 잠시 쉴 겸 의자에 앉아 메로를 눈높이까지 안아 들었다.

"리쿠는 대체, 어디 있는 걸까…."

"냐앙."

그냥 메로가 태어난 지 얼마 안 돼서 기억이 분명하지 않은 것일지도 모른다.

더 이상 단서를 얻을 수 없다면 그렇게 결론을 내릴 수밖에 없겠다는 생각이 머리를 스치던 바로 그때.

"아키."

메로가 갑자기 의미심장하게 아키의 이름을 불렀다.

"응?"

이내 흘러 들어온 이미지는 입에 매달린 채 달랑달랑 흔들리며 길을 이동하는, 이미 본적이 있는 과거의 영상이었다. 흔들릴 때마다 메로의 다리가 흘끗흘끗 시야 구석에 나타났다 사라지는 모습은 이제 익숙했다.

메로는 왜 이 기억을 한 번 더 보여주는 걸까? 분명 이유가 있을 거라 여긴 아키는 유심히 살펴보았다.

그러나 아무리 뚫어져라 살펴봐도 역시 이상한 점은 찾을 수 없었다. 게다가 이미지가 너무 흔들리는 탓에 멀미처럼 속이 울렁거리기 시작했다.

"우욱…. 조금만, 쉴게."

아키는 메로에게서 시선을 떼고 크게 숨을 들이마셨다. 그리고 천천히 숨을 내뱉다가 문득 한 가지 의문을 떠올렸다.

'저렇게까지, 흔들리나…?'

너무 크게 흔들렸다는 점이 마음에 걸렸다. 그리고 다시 잘 생각해 보니, 어미 고양이가 물고 걸었다기에는 땅이랑 한참 떨어진 높이인 것 같았다.

고양이의 평균 체구를 생각하면 너무나도 높았다.

아키는 허둥지둥 다시 메로를 바라보았다.

"저, 저기…. 메로를, 옮겨준 게…."

"냐옹."

'혹시 리쿠가 아닐까.'

거기까지 생각이 미치자, 아키의 심장이 빠르게 쿵쾅거렸다.

그러나 당시의 메로는 너무 어렸던 데다가 몹시 쇠약해져 있었기 때문에 그 기억에서 더 이상 결정적인 정보를 얻을 수 있을 것 같지 않았다.

어디까지나 추측에 불과했지만, 이미 마음속은 '그랬으면 좋겠다, 그렇다면 얼마나 멋진 일일까'라는 생각으로 꽉 차 있었다.

그리고 동시에, 리쿠가 대학 앞까지 메로를 데려다 놓은 이유도 떠올랐다.

'…설마…. 데즈카가… 있어서……?'

아무리 그래도 그건 말도 안 되는 것 같아서 아키는 고개를 가로저었다. 만약 그게 사실이라면 리쿠가 데즈카 앞에 모습을 드러내지 않는 이유를 알 수 없었기 때문이다.

좋은 쪽으로 생각하고 싶어도 새로운 의문이 차례로 떠올랐다.

아키는 벤치에 앉은 채 멍하니 하늘을 올려다보았다. 발밑에서는 강아지들이 슬슬 움직이고 싶다며 아키의 신발 끈을 잡아당기기 시작했다.

시계를 보니 밤 여덟 시가 다 되어가고 있었다. 오늘은 그만 돌아가기로 하고 자리에서 일어나려던 그때였다.

"아키 선생님?"

갑자기 아키의 눈앞에 데즈카가 나타났다.

"앗……!"

화들짝 놀라는 아키의 발밑에서 강아지들이 폴짝폴짝 뛰며 데즈카를 반겼다. 데즈카는 웃으며 강아지들의 머리를 쓰다듬고는 아키의 손에서 리드줄을 빼앗아 들었다.

"예상보다 빨리 끝나서 연락드리려던 참이었어요. 아직 산책 중이실 줄은 알았지만 설마 학교 앞까지 와 계시다니, 놀랐잖아요."

"저, 저기… 리쿠… 가."

"리쿠요?"

저도 모르게 리쿠의 이름을 내뱉어 버린 아키는 허둥지둥 입을 다물었다. 그러나 조금 전 떠올린 희망을 조금이라도 전하고 싶은 마음에 데즈카를 똑바로 바라보았다.

"리쿠, 분명, 살아, 있어요."

"네?"

"가까이, 있지 않을까, 싶어서요…."

"…선생님의 감인가요?"

"네, …네."

감이라는 말 외엔 설명할 도리가 없어서 아키는 푹 고개를 숙였다.

그러자 데즈카는 기쁘다는 듯 웃음을 터뜨렸다.

"아키 선생님이 그렇게 말씀하시니까, 그런 것 같다는 생각이 드네요."

"네…?"

아키는 다시 고개를 들었다.

문득 데즈카와 있으면 마음이 편한 이유를 알 것도 같았다.

아키가 아무리 기상천외한 소리를 해도, 데즈카는 비웃지도 의심하지도 않았다. 반드시 받아들여 줄 거라는 심리적인 안정감이 있었다.

"…만약, 저였어도, 데즈카한테, 데려다줘야겠다고, 생각했을 것, 같아요."

"네?"

"…아, 아무것도, 아니에요."

무심코 흘러나온 말이었지만, 그게 아키의 본심이었다.

데즈카라면 어떻게든 해 줄 것 같은 기분이 들었다. 그 순간 아키는 마치 리쿠의 마음과 동화된 것 같은 묘한 기분을 느꼈다.

"그럼, 이만 돌아갈까요? 이렇게 만나다니 운이 좋았네요. 요즘엔 산책을 안 하면 영 찌뿌둥하더라고요."

"고마, 워요!"

아키는 메로를 안고 데즈카의 뒤를 따랐다.

그리고 리쿠가 있는 곳을 반드시 찾아내겠다고 다시금 마음속으로 굳게 다짐했다.

제1장
# 네덜란드 토끼와 검은 괴물

"자, 잠깐…. 저기…, 어, 어디를…!"
"됐으니까 일단 와 봐요! 가서 설명해 줄게!"
그것은 어느 평일, 진료 시간 이후의 일이었다.

메로가 든 캐리어 백을 등에 메고 훌쩍 산책에 나선 아키의 손을 근처 초등학교 앞에서 한 여자가 갑자기 끌어당겼다.

물론 전혀 모르는 사람은 아니었다. 사쿠라이 동물병원에 정기적으로 내원하는 치와와의 주인인 '사사오카 마리'였다. 마리는 몇 달 전에 아기를 낳았는데, 당시에 아들인 다쿠토가 꽤나 고민했던 일이 아직도 생생하다.

마리가 씩씩하다는 건 익히 알고 있었지만, 아무리 그래도 사람을 보자마자 끌고 갈 줄이야. 아키는 당황스러웠다.

마리는 아키를 끌고 초등학교 정문을 통과해 현관까지 끌고 들어가 행정실에 누군가를 불러 달라고 한 다음에야 아키를 쳐다보았다.

"아키 선생님, 갑작스럽게 미안해요! 얼굴을 보자마자 좋은 생각이 떠올라 버려서. 잠깐만 상담 좀 해줘요."

"네? 어, 상담…, 네…?"

"동물 상담이요! 일단 듣기만 해줘도 되니까, 응?"

"아, 네에…."

마리는 출산한 지 얼마 안 된 사람이라고는 믿을 수 없을 만큼, 피로의 '피' 자도 느껴지지 않을 정도로 밝게 웃고 있었다. 친정어머니가 육아를 도와주고 있다는 말을 전에 병원에 왔을 때 듣기는 했지만, 그래도 정말이지 힘이 넘친다.

"아니, 아까 학부모 회의가 있었거든요. 그런데 학교에서 동물을 키우고 싶다는 학생들의 요청이 있었다나 봐요. 동물을 키우게 되면 주말에도 학생들이 당번을 정해 돌봐줘야 하잖아요? 그래서 그게 안건으로 올라왔더라고요. 대체로 찬성하는 분위기이기는 한데, 문제는 학교에 동물을 잘 아는 사람이 아무도…. 아, 마츠사카 선생님, 여기요! 아키 선생님, 말 끊어서 죄송해요."

마리는 설명하다 말고 복도 끝을 향해 한쪽 손을 치켜들었다. 이윽고 마츠사카 선생님이라고 불린, 서른쯤 되어 보이는 청년이 행정실 앞으로 다가와 마리와 아키에게 꾸벅 고개를 숙였다.

"다쿠토 어머님…. 가신 지 얼마 안 된 참이라 깜짝 놀랐습니다."

"그게, 정문을 나서자마자 적임자를 발견해서요! 선생님, 이분은 사쿠라이 동물병원의 수의사이신 사쿠라이 아키 선생님이에요. 젊지만 솜씨는 확실하세요."

"아, 안녕하세요…. 마츠사카입니다. 사사오카 다쿠토 군의 담임을 맡고 있습니다."

아키를 본 마츠사카의 눈이 휘둥그레졌다.

고양이가 든 캐리어 백을 등에 메고 있는, 겉보기엔 고등학생쯤 되어 보이는 앳된 사람을 수의사라고 소개하면 이런 반응이 나오는 건 어쩌면 당연했다. 아키 본인도 그에 대한 자각은 있었다.

그것보다 이 급전개를 도저히 따라잡을 수 없었던 아키는 눈동자를 이리저리 굴리며 황급히 인사를 건넸다.

"사, 사쿠라이, 아키, 예요…. 저, 저저저, 저는, 대체, 무, 무슨 일인지…."

평소보다 배는 말을 더듬은 통에 수상한 사람 취급을 받을 것만 같았다. 안절부절못하는 아키에게 마츠사카는 상냥한 미소를 지어 보였다.

"엄청 여려 보이시는데 수의사 선생님이셨군요. 혹시 시간 되시면 제가 설명을 좀 드려도 될까요? 이쪽으로 들어오세요."

"아키 선생님, 가요!"

아키가 대답도 하기 전에 마리는 잽싸게 슬리퍼를 꺼내 현관 안으로 들어섰다. 아키가 주춤거리며 뒤를 따르자 마츠사카는 재미있다는 듯 웃으며 말했다.

"다쿠토네 어머님은 정말 씩씩하고 쾌활하시네요. …살짝 일방적이긴 하지만요."

"생각보다 몸이 먼저 움직이는 버릇은, 제가 생각해도 어떻게 좀 해야 될 것 같긴 해요."

"정말 생각하고 계신 거 맞죠?"

두 사람은 화기애애하게 이야기를 주고받으며 복도를 걸었다.

이윽고 응접실이라고 적힌 방에 들어선 아키는 안내받은 가죽 소파에 앉았다. 메로가 든 가방을 무릎 위에 올리자 마츠사카가 흥미롭다는 듯 망사 너머로 안을 들여다보았다.

"고양인가요? 괜찮으시면 풀어두셔도 돼요. 저희가 이야기하는 동안 심심할 텐데."

"감사, 합니다…!"

아키는 안도의 한숨을 내쉬며 가방에서 메로를 꺼내 리드줄을 묶었다.

메로는 탁자 위에 올라가 등을 활짝 젖히며 기지개를 켰다.

"너 정말 예쁘게 생겼구나. 외출 중에 샛길로 새게 해서 미안하다."

마츠사카가 손가락으로 목덜미를 쓰다듬자 메로는 기분 좋다는 듯 "냐앙"하고 울었다. 마츠사카의 행동과 표정에는 동물에 대한 애정이 묻어 있었다.

"그래서! 아키 선생님께 여러모로 가르침을 받으면 좋지 않을까 싶었어요! 선생님이 담당 수의사가 되어주신다면 안심이니까요. 어때요, 좋은 생각이죠?"

바로 그때, 마리가 답답하다는 듯 불쑥 본론을 꺼냈다. 마리는 몸을 앞으로 내밀며 간청하듯 말했다.

그러자 마츠사카는 메로를 쓰다듬던 손을 멈추고 쓴웃음을 지었다.

"일단 그 전에 본인의 의사와 사정이란 게 있으니까요…. 저도 아키 선생님이라고 불러도 될까요?"

"아, 네! 무, 물론이죠."

"결론부터 말씀드리자면, 학교에서 동물 사육은 오케이로 결정이 났어요. 그런데 뭘 키워야 할지도 못 정했고, 애당초 학교엔 동물을 잘 아는 사람이 없어서 상의할 수 있는 분을 찾고 있었습니다."

"상의할 수 있는, 사람…"

조금 전 마리에게 들은 어중간한 설명이 보충되자 아키는 그제야 대화의 맥락을 파악할 수 있었다. 학교 관계자들은 동물 사육에 필요한 지식이 없으므로 멘토가 필요하다. 바로 그때 우연히 아키를 만난 마리가 적임자라고 생각해 여기로 아키를 끌고 온 것이다.

"어때요? 아키 선생님이라면 잘 돌봐 줄 테니 안심이지 싶어서!"

"다쿠토 어머님…. 일단 아키 선생님의 의사를…. 갑작스러운 일에 놀라셨을 텐데…."

"할, 게요!"

"네?"

자세한 이야기는 묻지도 않고 대답하는 아키의 모습에 마츠사카는 눈이 휘둥그레졌다. 그러자 마리가 들뜬 목소리로 웃음을 터뜨렸다.

"봐요, 아키 선생님은 이런 사람이라니까. 아, 다행이에요. 한시름 덜었네. 동물 사육은 아이들 교육에 좋을 거라고 전부터 생각했어요. 내가 초등학생 때도 학교에서 작은 새를 키웠는데 여름 방학 때도 돌봐 주러 학교에 들락거렸거든요. 무엇보다 책임감을 기를 수 있으니까요."

"아무리 그래도 너무 즉답 아니십니까…?"

마츠사카는 걱정스러운 눈빛으로 아키를 쳐다보았다.

그러나 아키는 결코 마리에게 맞춰주려고 분위기에 휩쓸려 결정한 것이 아니었다. 오히려 이미 머릿속으로 온갖 상상을 펼치는 중이었다.

"분명, 밖에서 기르겠죠? 손이 너무 많이 가는 친구는, 적합하지 않으니까…. 토끼 같은 동물이, 좋을지도, 몰라요."

"진행이 빠르시네요…."

혼잣말처럼 중얼거리는 마츠사카를 보고 마리는 깔깔 웃었다.

다소 갑작스러운 전개이긴 했지만, 어쨌든 아키는 다쿠토의 초등학교에서 동물 사육을 위한 지도와 담당 수의사 역할을 맡기로 했다.


"아키 선생님, 본인이 바쁘시다는 자각이 있으신 거예요? 요즘 희귀한 동물을 키우는 집이 늘어서 안 그래도 공부하느라 힘드실 텐데, 정말 무골호인이 따로 없으시네요."

다음 날 점심시간에 동물병원 간호사인 유키에게 자초지종을 보고하자, 유키는 진지한 표정으로 컴퓨터 모니터를 들여다보며 쓴소리를 날렸다.

보고 있는 사이트에는 토끼의 종류와 그에 맞는 사육법이 나와 있었다. 유키는 말로는 툴툴댔지만, 학교 동물 사육에 참여하게 되었다는 말에 들뜬 속내까지는 미처 감추지 못했다.

"왕진은, 달에 한 번 정도면, 될 것 같아서…. 그렇게, 부담스럽지 않아."

"그런 게 쌓이고 쌓이다 보면 아키 선생님의 시간을 갉아먹는다고요. 애당초…."

"…어떤 토끼가, 좋을까?"

"판다 토끼라 불리는 네덜란드 토끼는 어떨까요."

잔소리보다 토끼에 먼저 반응하는 유키의 모습에 아키는 피식 웃음을 터뜨렸다.

유키도 고개를 절레절레 저으며 한숨을 내쉬고는 모니터를 아키 쪽으로 돌렸다.

"일명 더치종(Dutch種)이라 불리는 토끼입니다. 요즘엔 실내 사육이 권장되는 토끼가 압도적으로 늘고 있는데, 네덜란드 토끼는 옛날부터 학교에서 흔히 기르던 종으로 토끼 중에선 비교적 튼튼하고 손도 덜 가는 편이죠. 온순해서 아이들이 다루기에도 괜찮을 것 같고요."

"완전, 좋을 것, 같아!"

모니터에는 그야말로 판다를 연상케 하는 흑백 토끼 사진이 띄워져 있었다. 해마다 인기가 높아지고 있는 네덜란드 드워프나 롭이어 토끼에 비해 다소 큰 체구와 쫑긋 선 귀는 그야말로 전통적인 토끼의 생김새였다.

"참고로 아까 인터넷에서 미타카시에 있는 초등학교가 네덜란드 토끼를 입양할 사람을 모집한다는 정보를 봤어요. 거기서 입양해 오는 방법도 있을 것 같네요."

"마츠사카 선생님이랑, 다쿠네 어머님께도, 여쭤, 볼게…!"

이렇듯 차근히 정보를 모아준 유키 덕분에 일은 일사천리로 진행되었다. 곧바로 마츠사카와 마리에게 문자로 보고하자, 둘 다 이견이 없다는 답장이 돌아왔다. 그리하여 네덜란드 토끼를 받아오는 일은 유키가 맡아서 진행하게 되었다.

이제 남은 것은 토끼장을 비롯한 학교 측의 준비였다.

야외에서 토끼를 키우기 위한 환경을 조성하고, 학생들에게 돌보는 방법 등을 가르치기 위한 준비가 필요했다. 진료를 마친 아키가 컴퓨터로 이것저것 찾아보고 있는데, 사쿠라이 호텔 인터폰이 울렸다.

이 시간이라면 강아지들 산책을 도와주러 온 데즈카일 것이다.

아키는 기다렸다는 듯 자리에서 일어나 힘차게 문을 열었다.

"데즈, 카…!"

"우왓…!"

아키의 기세에 데즈카는 화들짝 놀랐지만, 이내 곧 웃음을 터뜨렸다. 데즈카의 웃음소리를 들은 강아지들이 도그펜스 안에서 신나게 깡충거렸다.

"내일 아침, 같이, 초등학교에, 가요…!"

"이것 또 갑작스럽네요."

"데즈카도, 도와줬으면, 해서…!"

"무엇이든 도와드리죠."

데즈카는 무슨 일인지 듣지도 않고 바로 고개를 끄덕였다.

아키는 산책하는 동안 자초지종을 설명했다.

데즈카는 놀라면서도 역시나 동물 애호가답게 이야기를 들으며 눈을 반짝였다.

"그렇군요, 토끼 사육이라. 추억 때문인가? 어쩐지 두근거리네요. 제가 다니던 초등학교에도 토끼가 있었는데. 채소를 먹는 모습이 너무 재미있어서 먹이 주는 데 푹 빠졌었어요."

"데즈카, 는… 역시, 사육 담당, 이었어요?"

"당연하죠."

너무나 단호한 어조에 아키는 무심코 웃음을 터뜨렸다.

이윽고 산책이 끝나자 데즈카는 토끼장에 대해 이것저것 알아보겠다며 의욕에 가득 차 돌아갔다.

아키도 다시 노트북을 열고 아이들과 선생님들께 할당할 역할을 하나씩 정리했다.

'책임감을 기를 수 있다, 라.'

문득 마리가 했던 말이 떠올랐다.

확실히 마리의 아들인 다쿠토는 문조에게 먹이를 주면서 생명을 돌본다는 것에 대한 소중함을 배웠다.

덧붙이자면 아키 역시 어릴 때 같은 경험을 수없이 겪었다. 그러나 조금 다른 점이 있다면 어릴 적부터 동물의 목소리를 들을 수 있었던 아키에게 그들은 단순한 동물이 아니라 부모이자 친구 같은 존재였다.

그중에서도 할아버지의 애묘였던 시스는 부모님이 없는 아키에게 많은 것들을 가르쳐 주었다. 아버지를 잃고 슬픔에 잠긴 아키에게 강하게 살아야 한다며 보내준 격려는 잊으려야 잊을 수가 없었다.

물론, 담장 위를 지나는 지름길이나 지붕 위에서의 일광욕처럼 할아버지를 식겁하게 할 만한 위험한 행동도 가끔은 가르쳐 줬지만 말이다.

아키는 그리운 옛 추억을 떠올리며 열심히 토끼 먹이 리스트를 만들었다.

줘도 되는 채소와 안 되는 채소, 그리고 너무 많이 주면 안 되는 채소를 그림을 사용해 표로 만들었다.

문득 시계를 보니 자정을 넘긴 시각이었다. 무릎 위에서 동그랗게 몸을 말고 있던 메로를 안아 들고 침대에 누웠다.

그러나 아이들의 반응을 상상하는 것만으로도 마음이 두

근거려서 그날은 좀처럼 잠들지 못했다.

"안녕, 하세요!"

다음 날 아침, 약간의 수면 부족에도 아랑곳없이 아키는 데즈카와 함께 초등학교를 방문했다.

미리 연락을 받은 마츠사카는 웃으며 일행을 맞이했고, 곧바로 토끼장을 설치할 장소로 두 사람을 안내해 주었다.

그곳은 후문과 가까운 무척이나 조용한 장소였다. 옆에는 급식실이 딸린 건물과 체육관이 나란히 서 있었고, 학교 건물과는 연결 복도로 이어져 있었다.

"조금 어두컴컴하긴 해도, 토끼를 키우는 데 너무 온도 차가 많이 나는 곳은 좋지 않다고 들어서 여기가 어떨까 싶습니다."

"조용한 건 좋은데, 여기가 애들 눈에 잘 띄는 곳 맞나요…?"

"체육관을 이용하는 학생들이 저쪽 연결 복도를 지나다니거든요. 그때마다 여길 볼 수 있을 것 같아서요. 오히려 처음엔 좀 북적일 수도 있겠다 싶어요. 다들 엄청 기대 중인지라."

마츠사카의 말에 아키의 마음은 금세 기대로 부풀었다. 그리고 아이들이 동물을 접할 수 있는 계기를 만들어 주는 일에 참여하게 된 것이 새삼 기쁘게 느껴졌다.

"그럼, 제가 토끼장 설치에 필요한 조건을 설명하겠습니다. 선생님이 말씀하셨듯 온도 차가 너무 나지 않는 편이 좋고, 지면의 온도가 전달되지 않도록 바닥을 띄워 만드는 게 좋습니다. 완성된 토끼장도 팔고 있긴 하지만 철물점에서 파는 목재와 와이어 네트로 저렴하게 만들 수도 있어요. 가끔 토끼들을 풀어줄 수 있게 토끼장 주변에 풀을 심고, 울타리를 세워주면 좋아요."

"그렇군요, 많이 배웁니다…!"

데즈카가 설명을 시작하자 마츠사카는 감탄하며 받아적기 시작했다. 결과적으로 토끼장은 남자 선생님들이 힘을 모아 직접 만드는 걸로 결정했다고 한다.

그리고 어느덧 진료 시간이 다가와 아키 일행은 학교를 나왔다.

"그건 그렇고, 데즈카, 정말 잘 아네요. 토끼장에, 대해서."

돌아가는 길, 한껏 감탄한 아키의 말에 데즈카는 쓴웃음을 지으며 고개를 좌우로 저었다.

"아뇨, 대충밖에 몰라서 어젯밤에 좀 알아봤어요."

"그렇게까지, 해 준, 거예요…?"

"아키 선생님도 마찬가지 아니에요? 다크서클 생기셨는데?"

"네엣?!"

아키가 황급히 얼굴을 가리자 데즈카는 못 참겠다는 듯 껄껄 웃었다.

"도와드리겠다고 했으니 도움이 될 만큼은 공부해야겠다 싶어서요. 아키 선생님, 되게 즐거워 보이셨거든요. 기왕 하는 거 제대로 멤버에 끼고 싶었어요."

"데즈, 카…."

데즈카의 남다른 성실함은 이미 잘 알고 있었다. 더욱이 동물에 관한 일이라면 한층 더 빛을 발했다.

쇠약해진 메로를 구조한 일은 물론이거니와 사랑에 빠진 부엉이를 위해 일면식도 없는 집에 찾아가 부엉이 장식을 양도받아 오고, 수달의 주인을 알아내고 싶다는 아키와 함께 하루 종일 길거리를 찾아 헤매고….

그 외에도 셀 수 없을 만큼의 일이 있었다. 아직 만난 지 반년도 안 됐다는 사실이 가끔은 놀라웠다.

여태껏 동물을 너무 좋아한 나머지 늘 겉돌기만 하고, 대학생 때는 '이상한 애'라는 소문까지 따라붙었던 아키에게는 마음을 허락할 수 있는 몇 안 되는 사람이었다.

"그런데, 토끼는 언제 분양받으러 가세요?"

"아, 저기…. 유키가, 조만간, 갈 거래요."

"토끼, 빨리 보고 싶네요."

"네!"

아키가 소리를 지른 탓일까, 발밑에서 걷던 강아지들이 갑자기 껑충거리기 시작했다. 목줄이 당겨지자 데즈카는 앞으로 휘청거리면서도 재밌다는 듯 껄껄 웃었다.

토끼는 그다음 주, 사쿠라이 동물병원에 도착했다.
유키는 태어난 지 두 달 남짓 된 네덜란드 토끼 여섯 마리를 사쿠라이 호텔로 데려왔다. 수컷과 암컷이 각각 세 마리씩이었다.
건강 검진을 마친 후 검진표를 작성하고, 학교의 상황을 확인한 다음 데려가는 순서로 진행하기로 했다.
"토끼는 정말 귀엽군요. 저희 집에도 많이 키우고 있는데, 이 아이들을 보고 있자니 어렸을 때가 생각나요. 그런데 아키 선생님, 왜 토끼를 셀 때 새처럼 셌었는지 아시나요? (일본에서는 토끼를 셀 때, 새를 세는 단위인 '깃 우(羽)'를 사용한다. - 옮긴이) 지금이야 뭐 그냥 한 마리, 두 마리 이렇게 세지만요."
"아니, 몰라."
"여러 가지 설이 있는데, 일본에선 옛날에 불교의 가르침으로 네발 달린 짐승을 먹는 걸 금지하던 시대가 있었대요. 그렇지만 토끼는 당시 귀중한 식량이었기 때문에 깡충깡충 뛰는 토끼는 새로 간주하고 먹어도 된다고 했다나 봐요. 그래서 셀 때도 새처럼 셌대요. 그 흔적이 오늘날까지 남은 거라고 하더라고요."

"오오, 굉장, 하다."

평소처럼 폭넓은 지식을 늘어놓은 유키는 감탄하는 아키의 모습에 만족스러운 듯 고개를 끄덕거렸다. 얼굴에 대놓고 드러내진 않았지만, 말이 많을 때의 유키는 대개 기분이 좋다. 유키는 잽싸게 토끼들에게 부드러운 청경채를 내밀었다.

낯선 환경에 잔뜩 움츠렸던 토끼들은 이내 코를 킁킁거리며 움직이기 시작하더니 청경채 끝을 갉아 먹기 시작했다. 먹이 앞에서 긴장이 풀린 듯, 토끼들은 몸을 일으켜 유키의 손목에 작은 발을 얹고서는 오물오물 입을 분주히 움직였다.

"배가 고팠구나, 천천히 먹으렴."

"나, 바로 내일, 학교 상황 좀 살펴보고, 올게."

"네, 부탁드립니다. 빨리 아이들이랑 만나게 해 주고 싶네요."

"응!"

아키는 고개를 끄덕이고는 잽싸게 마츠사카에게 토끼들이 도착했다는 문자를 보냈다. 그러자 토끼장 상태를 한번 확인하러 와달라는 답장이 돌아왔다.

곧바로 데즈카에게 상의하려던 아키는 순간 손을 멈추었다. 데즈카는 지금 당장 연락하지 않아도 하루에 한 번은 꼭 찾아오기 때문이다. 산책이 필요한 개를 맡고 있을 땐 특히나 더. 언제부턴가 사람을 어려워하던 아키의 일상 속에 그는 자연스럽게 녹아들어 있었다.

그리고 예상대로 데즈카는 진료 시간이 끝난 후 병원으로 찾아왔다.

빙그레 미소 짓는 아키를 보고 데즈카는 고개를 갸웃거렸다.

"왜 그러세요?"

"토끼, 볼래요?"

"엇, 벌써 호텔에 와 있어요?"

아키가 고개를 끄덕이자 데즈카는 기대에 찬 표정을 지으며 사쿠라이 호텔 안쪽으로 걸음을 옮겼다. 나무틀로 된 우리 안에 있는 토끼들을 발견한 데즈카는 아키를 돌아보며 미소 지었다.

"귀엽네요."

"네, 엄청."

"데려다줄 준비는 다 된 거예요?"

"내일 아침에, 토끼장 상태를 보러, 가려고요. …그래서 말인데, 데즈카…."

"좋아요!"

설명하기도 전에 대답이 돌아오자 아키는 당황했다. 그런 아키에게 데즈카는 더 들어볼 것도 없다고 덧붙였다.

다음 날 아침, 사쿠라이 호텔로 찾아온 데즈카와 함께 학교에 가보니 마츠사카가 알려준 장소에 이미 멋진 토끼장이 완성되어 있었다.

데즈카가 설명한 대로 바닥은 땅에서 떨어뜨려 지었고, 지붕에는 아마 아이들이 만들었을 듯한 '토끼네 집'이라는 간판이 붙어 있었다. 뒤에 선 마츠사카가 부끄럽다는 듯 웃으며 토끼장 문을 열자, 안에는 먹이통과 건초 통, 이갈이용 나무와 지붕 달린 작은 방까지 세트로 갖추어져 있었다.

"그리고 토끼장 주변으로 울타리를 칠 예정인데, 그것만 다 되면 준비 완료입니다."

"아주, 좋아요! …그런데…."

그것은 정말이지 무척 훌륭하고, 도저히 아마추어가 만들었다고는 생각되지 않을 정도의 정성이 느껴지는 멋진 토끼장이었다. 그러나 안을 들여다본 순간 한 가지 신경 쓰이는 부분이 눈에 띄었다.

"혹시 뭐 빠진 게 있나요?"

마츠사카가 불안한 표정으로 쳐다보았다. 아키는 미안함에 어쩔 줄 몰라 하며 고개를 끄덕였다.

"그게… 토끼를 암, 수 따로 데려왔거든요. …구역을 나눠주지 않으면, 번식을 할, 거라…."

"그렇군요. …그건 전혀 생각도 못 했네요. 그럼 공간을 나눠놓을게요."

"죄송, 합니다…."

진작 설명했어야 했는데. 실수했다는 생각에 아키는 마음속 깊이 반성했다. 그런 아키의 어깨를 데즈카가 툭툭 두드렸다.

"칸막이 정도는 금방 만들 수 있어요. 괜찮으시면 제가 지금 바로 할게요."

"네?"

"데즈카 씨, 그런 잡일을 맡겨도 괜찮을까요? 제가 해야 할 일인데 한동안은 작업할 시간이 안 나서…."

마츠사카가 미안하다는 듯 말했다.

"완전 괜찮습니다. 빨리 아이들에게 토끼를 보여주고 싶기도 하고요. 그런데 재료 사러 다녀올 시간까지 포함하면 세 시간쯤 걸릴 것 같으니까 아키 선생님은 병원에 먼저 가 계세요."

"그럴 수는…. 저 때문, 인데!"

"이건 신경 쓰실만한 축에도 못 껴요. 그 대신, 칸막이를 잘 만든 것 같다 싶으면 칭찬해 주기!"

"데즈카…!"

어쩔 줄 몰라 하는 아키에게 데즈카는 평소처럼 웃으며 고개를 끄덕였다. 결국, 아키는 마지못해 강아지들을 데리고 홀로 병원으로 돌아갔다.

그러나 오전 진료 시간 내내 마음이 편치 않았다. 마침내 오전 진료가 끝나는 오후 1시가 되자마자 아키는 2층에서 후다닥 준비를 마치고 병원을 뛰쳐나왔다. 다행히 사정을 들은 유키는 흔쾌히 아키를 보내주었다.

금세 학교에 도착한 아키는 급히 행정실에 인사만 건네고 후문 쪽으로 돌아갔다. 그곳에는 수건을 목에 두르고 토끼 울타리를 공사 중인 데즈카가 있었다.

아키는 달려가 숨을 헐떡이며 데즈카 옆에 주저앉았다.

"데즈, 카…!"

"우왓, 아키 선생님. …혹시, 뛰어오셨어요?"

"아, 네, 저기, 이거!"

아키는 가방에서 스포츠 드링크와 랩으로 둘둘 싼 커다란 주먹밥을 꺼냈다. 병원에서 나오기 전에 준비한 것이었다.

"어, 어?"

"야외, 작업, 힘드니까…! 조금이라도, 먹을, 걸…!"

하지만 문득 옆을 보니 누군가 챙겨준 듯, 쟁반 위에 놓인 물통과 슈퍼마켓 봉투에 담긴 빵, 그리고 주먹밥이 있었다.

순간 머릿속이 새하얘진 아키는 황급히 손을 거뒀다.

"어, 아키 선생님…?"

"…이것보다, 훨씬 안전해 보이는 게, 있네, 요…."

"네에…?"

데즈카는 잠시 멍하니 있다가 무슨 뜻인지 알아차렸는지 웃음을 터뜨렸다. 그리고 아키가 거둔 손목을 끌어당겨 스포츠 드링크와 주먹밥을 받아 들었다.

"혹시 직접 만드신 거예요?"

"그게, 너무, 모양이 엉망이라. ……맞다, 그냥 살 걸, 그랬네요."

"아뇨, 아뇨, 전 좋아요. 아키 선생님이 직접 만든 주먹밥이라니, 이렇게 귀할 데가. 아직 오전 진료가 끝난 지 삼십 분 정도밖에 안 됐으니 정말 급하게 준비하셨겠네요. 잘 먹겠습니다! 속에는 뭐 들었어요?"

"…가다랑어포요."

"하하! 고양이가 좋아하겠네요."

데즈카는 기쁜 듯 웃으며 삼각형과는 거리가 먼 주먹밥을 베어 물고 싱긋 웃었다. 아키는 울퉁불퉁한 주먹밥이 새삼 민망했지만, 데즈카의 반응에 안도하며 한숨을 내쉬었다.

그리고 주먹밥을 다 먹은 데즈카는 토끼장 안쪽을 가리켰다.

"간이로 만든 거지만 일단 칸막이는 해뒀어요. 사람이 쉽게 넘나들 수 있는 높이로 만들어놨으니 그리 답답하게 느껴지진 않을 거예요."

"괴, 굉장, 해요!"

아키가 안을 들여다보자, 나무 틀에 철망이 덧대어진 칸막이가 처음부터 그 자리에 있었던 것처럼 자연스럽게 설치되어 있었다.

"청소할 때도 방해가 안 되게끔, 접이식으로 해봤어요. 나중에 번식을 고려해야 할 때도 쉽게 뺄 수 있고요."

데즈카는 동물은 물론 돌보게 될 아이들까지 생각해서 세심하게 작업했다. 그에 비해 자신이 만든 주먹밥은 너무 형편없어서 아키는 다시금 부끄러워졌다.

"그리고 철물점에 간 김에 울타리도 세워놓자 싶어서요. 조금만 더 하면 끝나요."

"그럼, 설마, 이제 다 된 건가요…?"

"그리고 토끼장 자체가 너무 가벼워서 강풍에 날아가지 않게 다리 부분을 고정해 두는 게 좋겠어요. 남은 건 그 정도?"

"고마, 워요…!"

아키가 감동하고 있는 사이, 이내 학교 종이 울리더니 체육관으로 이어지는 복도를 통해 마츠사카가 모습을 드러냈다. 그 뒤로 아이들이 호기심 어린 표정을 지으며 우르르 따라 나왔다.

"저기, 토끼 언제 와요?!"

"어? 아, 그, 그게…."

"안녕? 이제 금방 올 거야. 토끼랑 잘 지내렴."

동요하는 아키 옆에서 데즈카가 사람 좋은 미소를 지으며 대답했다. 마츠사카는 아이들 틈바구니에서 흔들리며 꾸벅 고개를 숙였다.

"지금부터 점심시간이라 아이들을 데리고 와봤어요. 다들 무척 기대하고 있거든요."

아이들은 토끼장에도 들어가 보고, 주위를 살펴보기도 하며 즐거운 듯 까르륵거렸다. 떠들썩한 분위기에 움츠러든 아키 앞에 한 소년이 다가왔다.

"아키 선생님!"

"앗…. 다쿠…!"

마리의 아들인 다쿠토였다. 아는 사람이 등장하자 아키는 안도의 한숨을 내쉬었다.

"저도 사육 담당을 맡게 됐어요! 집에 모모랑 피이타도 있어서 돌보는 건 자신 있거든요!"

"그렇, 지. 다쿠는, 피이타의, 엄마니까."

그렇게 아키와 다쿠토가 대화하는 사이, 순식간에 아이들과 친해진 데즈카는 어느새 학생들 틈에 둘러싸여 있었다. 데즈카의 뛰어난 커뮤니케이션 능력에 아키는 새삼 감탄했다.

그리고 며칠 내로 토끼를 데려오겠다고 약속한 두 사람은 학교를 나섰다.

"데즈카. 정말, 미안했어요. 고생, 많았어요."

"아니에요, 재미있었어요. 목공 작업 꽤 좋아하거든요. 철물점에서 공구 같은 걸 보면 뭐랄까, 심장이 막 두근거려요."

"그렇, 군요."

뭐든지 척척 해내는 데즈카가 새삼 대단하게 느껴져 쳐다보자, 데즈카는 조금 부끄럽다는 듯 눈을 피했다.

"그보다 저로선 행운이었죠. …설마 먹을 걸 챙겨주실 줄이야…"

"아, 사람들이, 많이 챙겨, 주셨죠."

"아니, 아니에요…. 아키 선생님."

"네?"

아키가 고개를 갸웃거리자 데즈카는 난감하다는 듯 머리를 긁적였다. 문득 정신을 차려보니 사쿠라이 동물병원 바로 근처였고, 때마침 호텔 쪽에서 유키가 얼굴을 내밀었다.

"어서 오세요. 데즈카 씨, 고생 많으셨어요. 조금 쉬다 가시겠어요?"

"아뇨, 슬슬 학교에 가야 해서요. 저녁때 다시 올게요. 아키 선생님, 이따 봬요!"

"네! 고마, 워요!"

아키는 학교로 돌아가는 데즈카를 향해 크게 손을 흔들며 배웅했다.

그 뒷모습을 잠시 지켜본 유키는 나지막이 한숨을 내쉬었다.

"완전히 친해지셨군요. 마치 가족 같네요."

"가, 가족…?"

"오해하지 말아 주세요. 남매 같다는 뜻이니까요."

"어, 어어…."

"슬슬 오후 진료 준비 시작할까요?"

"으, 응!"

묘하게 날이 선 유키의 말을 눈치채지 못한 채, 아키는 사쿠라이 호텔에 있던 메로에게 다녀왔다는 인사를 건네고는 바로 토끼들의 상태를 살펴보았다.

마치 인형처럼 복슬복슬한 토끼들은 저마다 동그랗게 몸을 말고 유키가 챙겨준 청경채를 열심히 오물거리고 있었다.

더는 긴장한 모습이 보이지 않자 아키는 안도하며 가슴을 쓸어내렸다.

"아이들의, 아이돌이, 되어줘."

아키가 말을 건네자 토끼들은 한쪽 귀를 쫑긋거리며 동그란 눈으로 아키를 쳐다보았다.

"우와! 작다…!"

"귀여워…!"

그로부터 며칠 후, 한주가 시작되는 월요일. 마침내 토끼들이 학교에 도착했다.

아침 일찍 데즈카와 유키까지 대동해 학교에 가자, 벌써 모여든 사육 담당 아이들이 토끼를 조심스레 쓰다듬으면서 종알종알 떠들고 있었다.

"여러분, 토끼는 겁이 많은 동물이에요. 너무 놀라지 않게 살살 만져주세요. 그리고 토끼는 무리 지어 다닌다는 이미지가 있지만 혼자 있는 것도 좋아한답니다. 여러분이 수업을 받을 때나 집에 가 있을 때도 외로워하지 않으니까, 안심하고 공부도 열심히 하기!"

"네에!!"

다소 딱딱하게 느껴질 법한 유키의 설명에도 아이들은 커다란 소리로 대답했다.

토끼들도 처음엔 우왕좌왕했지만, 새집이 나쁘지 않았는지 금세 주변 아이들이 주는 채소를 뜯기 시작했다.

"여러모로 감사드립니다. 앞으로도 유사시에는 상담 부탁드리겠습니다. 번거로우시겠지만, 왕진도 잘 부탁드립니다."

"네! 왕진, 저도 기대가, 되어요."

마츠사카가 고개 숙여 인사하자 아키는 머쓱한 듯 대답했다.

이리하여 학교의 동물 키우기 계획은 순조롭게 출발한—듯 보였다.

불길한 조짐이 고개를 치켜든 것은 그로부터 2주일 뒤였다.

"아키 선생님, 여기요."

"어…?"

그것은 어느 날, 진료가 끝난 다음의 일이었다.

유키가 같이 출근한 네덜란드 드워프 토끼인 마리모를 소파에 늘어져 있던 아키의 무릎 위에 갑자기 올려놓았다.

아키도 잘 따르는 마리모는 실룩거리는 코를 아키의 볼에 부볐다.

그 털의 감촉은 유키가 '마치 아무것도 안 만지는 느낌'이라 표현했을 만큼 보드랍기 그지없었다.

"상실감에 시달리고 계시죠? 마리모로 좀 달래보세요."

"아, 어, 고마워…."

유키의 예상은 어느 의미로는 맞았다. 상실감이라는 표현은 좀 오버였지만, 아키는 토끼들이 학교에서 잘 지내고 있는지 궁금해 견딜 수가 없었다.

그냥 찾아가 볼까도 생각했지만, 왕진은 월 1회로 약속했던 데다가 선생님들이 신경 쓸까 봐 미안한 마음에 망설여졌다.

"마리모는, 조그맣네."

말을 건네자 마리모는 고개를 갸우뚱거렸다.

마리모는 소형 토끼라 아직 아기였던 네덜란드 토끼들과 거의 몸집이 비슷했다. 마리모를 쓰다듬었더니 괜스레 토끼들이 더 떠올라 아키는 한숨을 쉬었다.

"전 슬슬 집에 갈까 하는데…. 아키 선생님, 괜찮으세요?"

"고마워, 유키. 내일도 잘, 부탁해."

"네."

유키가 마리모를 데리고 돌아가자 대기실은 삽시간에 조용해졌다. 아키는 곧바로 사쿠라이 호텔로 돌아가 메로를 불러 품에 안았다.

"메로…. 쓸쓸, 하다."

"응."

낮에는 거의 사쿠라이 호텔에서 지내는 메로도 어쩐지 아키와 같은 의견인 듯했다.

한편, 강아지들은 그런 심정 따위는 알 바 아니라는 듯 아키의 얼굴을 보자마자 산책을 떠올렸는지 케이지 안에서 껑충거리기 시작했다.

바로 그 순간, 사쿠라이 호텔의 벨이 울리더니 데즈카가 모습을 드러냈다. 강아지들은 한층 더 날뛰기 시작했고, 데즈카는 그 모습을 보자마자 웃음을 터뜨렸다.

"이렇게나 날 기다렸다니, 산책시키는 보람이 느껴지네요."

"네. 데즈카를, 아주 좋아하는 것, 같아요."

"그거 다행이네요. …그보다 아키 선생님, 혹시 기운 없으세요?"

"네?"

설마 들킬 줄은 몰랐던 아키는 한껏 동요했다. 메로가 맞다는 듯 "냐옹" 하고 울었다.

"왜 그러세요? 피곤하세요?"

"아뇨, 저기, 그게…."

"오늘은 저 혼자 산책 갔다 올까요?"

"아니요! 저기, 그게, 아니라."

"그게 아니라?"

"토끼들이… 보고 싶어서, 단지 그것, 뿐이에요."

도저히 얼버무릴 수 없을 것 같다는 생각에 마지못해 입을 열자, 데즈카는 작게 뭐라고 중얼거리더니 강아지에게 목줄을 채우며 싱긋 웃었다.

"가보죠, 지금 당장."

"네, 네…?"

"토끼들도 좋아할 거고, 학교 선생님들도 안심하실 거예요. 왜냐면 아키 선생님은 담당 수의사니까요."

"그, 그치만…."

"괜찮아요. 자, 빨리요."

데즈카는 망설이는 아키의 어깨를 톡톡 두드렸다. 기세에 밀린 아키가 고개를 끄덕이자 데즈카는 사쿠라이 호텔에 놓인 메로 전용 캐리어 백을 들었다.

"자, 메로도 가자. 보고 싶지?"

"냐앙."

메로는 기쁘다는 듯 울었다. 너무나 급작스러운 전개에 아키는 당황스러웠지만 데즈카의 이런 성격에 늘 도움을 받는다는 것 또한 잘 알고 있었다.

여태껏 아키가 고민할 때마다 데즈카는 별것 아니라는 듯 발 벗고 나서 눈 깜빡할 사이에 해결하곤 했다.

"고마, 워요."

"네? 아, 산책이요? 별일도 아닌데요."

그리고 당사자는 그에 대한 자각이 없다.

같이 사쿠라이 호텔을 나와 학교에 도착하자, 이미 학생들의 기척은 느껴지지 않았다. 행정실에 들르자 늘 있던 여성 사무원이 아키 일행을 미소로 맞이했다.

"어머, 토끼 의사 선생님. 마츠사카 선생님께서 신신당부하신 것도 있어서, 매번 행정실에 들르실 필요 없이 그냥 아무 때나 편히 오세요."

"앗, 네…! 실례, 하겠습니다."

재빨리 후문 쪽으로 향하는데, 데즈카가 웃음을 터뜨렸다.

"봐요, 아무 문제 없잖아요? 초등학교는 원래 외부인 출입에 엄격한데, 아키 선생님은 너무 무해해 보인단 말이죠."

"그, 그런, 가요."

"그냥 아무 때나 와도 된다니, 잘됐네요."

"네…!"

설레는 마음에 걸음이 빨라졌다. 이윽고 토끼장이 보이자 데즈카는 강아지들을 손 씻는 곳 옆에 묶어두고는 곧장 토끼장으로 다가갔다.

"오, 꽤 편하게 잘 지내는 듯이 보이네요."

데즈카의 말마따나 토끼들은 아키 일행을 보고도 놀라는 기색 없이 귀를 쫑긋 세우고는 상황을 살폈다. 아이들이 많이 예뻐해 줬는지 경계하는 낌새도 없었다.

"정말, 이네요. 건강해, 보여요."

암컷 구역에 들어간 아키는 살그머니 다가가 먹이통 안에서 잘게 썰린 당근을 하나 들어 내밀었다. 그러자 토끼는 곧바로 아작아작 갉아먹었다.

두 손으로 당근을 받치고 먹는 모습이 얼마나 사랑스러운지, 조금 전까지 불안했던 마음이 금세 스르륵 녹아내렸다.

이윽고 다른 토끼들도 모여들더니, 칸막이 바깥의 수컷들도 철망 너머로 상황을 구경했다.

"역시…. 어떤 동물이든 아키 선생님은 금방 따르네요."

"절 기억하고, 있었을 수도, 있어요."

대화를 나눌 수 있다는 비밀은 당연히 말할 수 없었다. 그러나 토끼들이 얼마나 편안하게 지내고 있는지는 굳이 말로 듣지 않아도 명백했다.

"안심 좀 되세요?"

"네…!"

"그럼 슬슬 갈까요? 강아지들이 심심하다고 날뛸 것 같아요."

데즈저는 그렇게 말하며 먼저 토끼장에서 나와 강아지들 곁으로 다가갔다. 아키는 한동안 토끼들의 상태를 살피다가 일어섰다. 그러나 바로 그 순간, 문득 토끼장 안쪽에서 작게 웅크리고 있던 한 마리의 수컷이 눈에 띄었다.

"어…?"

모두 정신없이 당근을 먹는 가운데, 그 한 마리만 작게 몸을 웅크리고 있었다. 걱정이 된 아키는 가까이 다가가 살살 몸을 쓰다듬으며 눈을 맞췄다.

"왜, 그러니…?"

토끼는 무언가 알아챘는지, 동그란 눈으로 아키를 올려다보았다. 그러고는 단 한 마디를 내뱉었다.

"무서, 워."

"어…, 무섭다니…?"

자세한 이야기를 묻고 싶었지만, 토끼는 그 외엔 일절 입을 열지 않았다. 대신 아주 찰나의 순간, 아키의 머릿속에 토끼의 머릿속 이미지가 흘러 들어왔다.

'이게, 뭐지…?'

흐릿한 시야 속, 새카만 무언가가 보였다. 토끼는 시야가 넓은 대신 시력은 그다지 좋지 못한 탓에 까맣다는 것 말고는 알 수 없었다. 단지 주위에는 정체불명의 굉음이 울리고 있었고, 자잘한 진동이 느껴졌다.

토끼는 그것 때문에 크게 겁을 먹은 듯했다.

까마귀나 들개의 습격인가 싶었다. 그러나 동물의 습격이라면 한 마리만 겁을 먹었을 리가 없다.

"뭘, 본 거니…?"

아키는 계속해서 질문했지만, 토끼는 더 대답하지 않았다. 그다지 많은 감정을 느끼지 않는 작은 동물과의 의사소통은 쉽지 않은 일이었다.

"아키 선생님?"

아키가 좀처럼 나오지 않자 의아하게 여긴 데즈카가 토끼장 밖에서 말을 건넸다.

"아…, 네…, 갈, 게요."

마음에 걸렸지만, 한 마리만 이상한 검은 무언가에 겁을 먹었다고 설명할 도리가 없는 아키는 어쩔 수 없이 토끼장에서 나왔다.

"토끼들, 건강해 보였나요?"

"아, 네, 네…"

"…정말요?"

"아, 네…! 마음이 놓여서, 그만, 멍하니, 있었어요."

"그럼 다행이고요."

눈치 빠른 데즈카가 알아챌세라 아키는 억지로 미소를 지었다. 그리고 병원에 돌아와 데즈카와 헤어진 후 멍하니 생각에 잠겼다.

토끼가 겁이 많다는 사실은 익히 알려졌지만, 공포를 느낀 토끼가 한 마리뿐이라는 점이 마음에 걸렸다.

즉, 설령 무슨 일이 일어났다 쳐도 같이 지내는 다른 토끼들에겐 크게 거슬릴 만한 일이 아니라는 말이 된다. 동물도 저마다 개성이 있고 성격 또한 모두 다르다.

단지 한 가지 확실한 건, 아키는 겁먹은 토끼가 한 마리뿐이라고 해서 가볍게 넘길 성격이 아니라는 것이다.

한 번 신경이 쓰이기 시작하면 쉽게 넘기지 못하는 아키는 한참을 고민한 끝에 결국 마츠사카에게 문자를 보냈다. 내용은 좀 신경이 쓰이는 토끼가 하나 있는데 상태를 살펴보러 지금 학교에 가도 괜찮은지 묻는 내용이었다.

마츠사카의 답장에는 관계자에게 전달해 둘 테니 가도 괜찮다는 내용과 감사의 말이 적혀 있었다. 폐문 후 사용하는 출입구를 열어두겠다고도 쓰여 있어서 갑작스러운 문자에도 흔쾌히 답장해 준 마츠사카에게 미안하고 고마웠다.

아키는 재빨리 왕진용 가방을 한 손에 들고 병원을 나섰다. 그리고 조금 전 막 지나온 길을 빠르게 뛰기 시작했다.

마츠사카가 알려준 후문 옆 출입구를 지나 토끼장으로 향하자, 학교 내 가로등 불빛에 어슴푸레 비친 토끼들이 귀를 쫑긋 세우며 아키를 반겼다.

아키는 수컷 구역에 살며시 들어가 여전히 웅크리고 있는 토끼 옆에 슬그머니 앉았다.

바로 옆에는 왕진용 가방, 그리고 오른쪽 손에는 토끼장 밖에서 가져온 대빗자루가 있었다. 만에 하나 무언가가 습격할 때를 대비한 무기 대용이었다.

아키는 토끼의 등을 천천히 쓰다듬으며 오랫동안 가만히 앉아 있었다. 이윽고 토끼들이 차례로 쉴 새 없이 움직이던 코끝을 갑자기 멈췄다. 이는 잠에 빠져들었다는 신호였다. 토끼는 어지간히 편안한 곳 아니면 눈을 뜬 채로, 심하면 먹으면서도 잠을 잘 수 있다.

그러나 토끼장 안의 토끼들은 환경이 바뀐 지 얼마 되지 않았는데도 상당히 차분했고, 옆으로 벌러덩 누워 자는 녀석까지 있었다.

단, 문제의 한 마리만은 아직 잘 낌새 없이 아키 옆에 딱 붙어서 웅크리고 있었다.

'역시, 이 아이만, 뭔가…'

그 모습을 본 아키는 이유가 궁금해 죽을 지경이었다. 모두 조용히 잠들었는데 혼자만 긴장하고 있다니, 안쓰러워 견딜 수가 없었다.

"무슨 일인지, 내가 꼭, 알아내 줄게."

작은 목소리로 중얼거리자 토끼는 귀를 쫑긋거리며 반응했다.

그리고 아키는 토끼가 보여주었던 이미지를 다시 한번 떠올렸다.

굉음, 진동, 새카만 무언가. 토끼의 시선이니 어쩔 수 없었지만, 흐릿한 그 이미지로는 도저히 정체를 추측하기 어려웠다.

하지만 기다리고 있으면 무언가 일어날지도 모른다는 생각에 아키는 끈기 있게 토끼장 안에서 쪼그리고 앉아 기다렸다. 그러나 밤이 완전히 깊어졌는데도 아무런 기척이 느껴지지 않았다.

문득 내려다보니, 무릎 아래에서 웅크리고 있던 토끼의 코도 움직이지 않고 있었다. 드디어 잠이 든 걸까. 아키는 가슴을 쓸어내렸다. 깨우고 싶지 않아 옴짝달싹 못 하는 사이, 시간은 흘러만 갔다.

문득 대학생 때 일이 떠올랐다.

아키는 동물들이 아프거나 출산의 징후가 보일 때마다 거의 매일 동물 우리 안에서 곁을 지켰다. 그대로 밤을 꼬박 새운 적은 셀 수도 없었고, 교수님께는 혼나고 학생들로부터는 이상한 사람 취급을 받았다.

그러나 당시 아키에게 수많은 동물과 하루하루를 보내며 대화를 나누는 시간은, 남의 시선 따위는 전혀 개의치 않을 만큼 행복한 것이었다.

밀려드는 추억에 가슴이 뭉클해졌다.

아키는 예전에 돌보던 동물들을 떠올리며 복받쳐 오르는 감정 속에서 눈을 감았다. 그리고….

당연하게도, 눈을 떴을 때는 어느새 날이 훤히 밝아 있었다.

"어…, 어엇…?!"

눈을 뜬 순간, 넋이 나간 아키는 제대로 상황을 파악하지 못했다.

발밑에는 진작 일어난 토끼들이 아키를 올려다보며 코를 실룩거리고 있었다.

"아…. 잘… 잤니…?"

인사를 건네자 토끼들은 귀를 쫑긋 세웠다. 그러나 문제의 한 마리만은 여전히 아키 옆에 딱 붙은 채 웅크리고 있었다.

딱딱한 바닥에서 잔 탓인지 몸이 욱신거렸다. 기지개라도 켜고 싶으나 갑자기 움직여서 토끼를 놀라게 할 수는 없었다.

아키는 토끼의 등을 살살 쓰다듬으며 천천히 몸을 일으키려고 했다. 바로 그때.

갑자기 커다란 트럭이 후문을 통해 학교 안으로 들어오더니 엔진을 켠 채 토끼장 앞 울타리 옆에 멈춰 섰다.

"흔들, 린다…!"

토끼장은 지면의 열이 전달되지 않도록 바닥을 띄워서 설치했는데, 그 때문에 오히려 진동이 잘 전해졌다. 커다란 트럭이 옆에 서자 엔진의 흔들림이 전해졌다.

먹이통도 덜컹거리자 토끼들이 걱정된 아키는 우리 안을 둘러보았다. 그러나 토끼들은 익숙한지 의외로 평온했다. 단, 아키 옆에 딱 붙어 있는 한 마리만은 달랐다.

"괜, 찮니…?"

그때, 아키의 머릿속에 한 가지 예감이 스쳤다.

토끼가 보여준 이미지는 혹시 이것이 아니었을까. 트럭에서 전해져오는 진동쯤이야, 라고 생각할 수도 있겠지만 몸집이 작은 토끼에겐 무섭게 느껴졌을 수 있다.

아키는 토끼장 앞에 멈춘 트럭을 안에서 슬쩍 올려다보았다. 그리고 그때, 토끼가 보여준 새카만 무언가의 정체를 깨달았다.

짐칸에는 양손 가득 채소를 한 아름 끌어안고 있는 곰 그림이 그려져 있었다. 급식 재료를 나르는 트럭인 듯했다.

곰 그림은 무척 코믹하고 귀여웠지만, 짐칸에 대문짝만하게 그려진 탓에 가까이서 보면 제법 강한 존재감을 풍겼다.

"혹시, 이거…?"

아키는 겁먹은 토끼를 들어 올리고 눈을 맞췄다.

토끼는 완전히 겁에 질려 도저히 대화를 나눌 상태가 아니었다.

"그랬던, 거구나…."

이윽고 트럭은 짐을 내린 후 곧장 후문으로 빠져나갔다. 불과 오 분 남짓 되는 시간의 일이었다.

같은 동물이라도 저마다 성격이 다르다는 사실을 아키는 잘 알고 있었다. 다른 토끼들은 괜찮아도 이 토끼에겐 공포스러운 일인 것이다.

"어떻게든…, 해야겠네."

수수께끼는 풀렸지만, 마땅한 대책은 떠오르지 않았다. 아키는 잠시 생각에 잠겼다. 바로 그때였다.

"아키 선생님…!"

갑자기 여기 있을 리 없는 인물이 토끼장 앞에 나타났다.

"엇…!"

데즈카였다. 아키는 눈을 동그랗게 뜬 채 토끼장 안에서 멍하니 데즈카를 올려다보았다. 그러자 데즈카는 완전히 질렸다는 표정으로 문을 열고 안으로 들어왔다.

"…뭐 하시는 거예요? 걱정했잖아요."

"그, 그게…."

"전화했어요, 몇 번이나."

그 말에 가방에 넣어둔 핸드폰을 꺼내보니 한 시간 전부터 부재중 전화가 여러 통 찍혀 있었다.

산책 시간에 사쿠라이 호텔에 왔는데 아키가 나오지 않자 걱정한 것이 분명했다. 미안한 마음이 솟구친 아키는 허둥지둥 고개를 숙였다.

"미, 미안, 해요…! 잠들어 버린 건, 계산, 밖이라…!"

"이야기는 나중에 천천히 들을게요. 그보다 시간 괜찮으세요?"

"네에?!"

시계를 확인하니 8시가 넘은 시각이었다. 진료 시간까진 아직 여유가 있었지만, 슬슬 사육 담당 아이들이 찾아올 시간이다. 아키가 여기 앉아 있는 걸 보면 놀랄 터였다.

아키는 데즈카의 손에 이끌려 허겁지겁 토끼장 밖으로 나왔다. 그러다 문득 겁먹은 토끼가 떠올라 다시 안에 들어가 토끼를 데리고 학교를 나섰다.

돌아가는 길에 마츠사카에게 컨디션이 좋지 않은 토끼를

한 마리 보호하겠다고 연락한 후, 서둘러 병원으로 돌아갔다.

결국, 바로 학교에 가야 하는 데즈카에게 제대로 설명도 하지 못 한 채 병원 앞에서 헤어졌다.

"안색이 별로 안 좋아 보이는데, 괜찮으세요?"

곧이어 출근한 유키는 아키의 상태를 바로 알아채고 물었다.

아키가 어젯밤 토끼장에서 밤을 보냈다고 설명하자, 유키는 기가 막힌다는 듯 한숨을 내쉬었다.

"토끼 걱정도 좋지만, 본인 몸부터 먼저 챙기세요. 선생님이 돌보는 수많은 동물을 생각해서요."

"으, 응…. 미안…."

"그래도 그런 점이 뭐랄까, 아키 선생님다워서 싫진 않지만요."

"…고마, 워."

아키는 데려온 토끼를 케이지로 옮긴 후, 마음 놓고 푹 잘 수 있도록 검은 천을 덮어서 사쿠라이 호텔에 데려다 놓았다.

겁쟁이 토끼만 그냥 본인이 키울까도 했지만, 마츠사카가 점심 전에 보낸 답장 내용을 본 아키는 그 선택지를 포기했다.

'데려가신 아이는 아이들이 꼬마라는 이름을 붙여주었습니다. 다른 토끼들보다 작아서 그렇다네요. 아이들도 꼬마가 건

강하게 돌아오기를 기다리고 있답니다. 수고를 끼쳐 드려 송구스럽지만, 꼬마를 잘 부탁드리겠습니다.'

한번 정을 주고 열심히 돌본 토끼가 떠나면 아이들은 슬퍼할 것이 틀림없다.

그렇지만 토끼를 학교에 돌려놓으려면 무언가 대책을 세워야만 했다.

트럭 정차 장소를 바꾸는 게 가장 좋겠지만, 후문 앞은 주차할 곳을 고를 수 있을 만큼 넓지 않았다. 당연히 급식실과 가까워야 하는 만큼 토끼 때문에 멀리 떨어진 곳에 차를 대라고 할 수는 없었다.

그렇다면 토끼장을 다른 곳으로 옮길 수밖에 없는데, 토끼가 무서워하는 이유를 아는 사람은 아키뿐인 데다가 알게 된 경위를 곧이곧대로 털어놓을 수는 없었다. 그러나 제대로 된 설명 없이 바쁜 선생님들이 시간을 쪼개 만든 토끼장을 옮겨 달라고 부탁할 수도 없는 노릇이었다.

사람과 소통할 때 빈말조차 제대로 못 하는 아키는 그럴싸한 변명을 찾아내지 못한 채, 찜찜한 기분으로 하루를 보냈다. 종일 우중충해 보이는 아키에게 집에 가려던 유키가 말을 건넸다.

"아키 선생님, 전 슬슬 집에 가려는데…, 정말 괜찮으신가요?"

"어?! 어, …괜찮아. 고마, 워!"

"뭐 힘든 일이 있으시면 편하게 말씀 주세요. 저한테든, 정할 곳이 없으면 데즈카 씨한테든."

"어…?"

"그럼 이만 가보겠습니다."

아키는 유키의 뒷모습을 바라보며 방금 들은 말을 속으로 곱씹었다. 귀가 직전 유키가 남기고 간 말 때문인지 머릿속에 데즈카의 얼굴이 떠올랐다.

데즈카는 아키가 난감할 때마다 가장 먼저 알아차리고 어떤 일이든 금세 파악한 후 순식간에 해결해 주는, 둘도 없는 존재였다.

그러나 시간을 내어 토끼장 만들기를 도와주던 모습을 떠올리니 쉽게 입이 떨어지지 않았다.

고민에 빠져 있는 사이, 어느덧 사쿠라이 호텔의 인터폰이 울렸다.

아키는 어깨를 흠칫 떨며 허둥지둥 데즈카를 맞이했다.

"데즈, 카…."

"아키 선생님, 왜 거기서 주무셨어요?"

"네?!"

인사보다 질문이 먼저 날아들었다. 한 방 맞은 아키의 눈이 동그래졌다.

그러나 데즈카는 아랑곳하지 않고 사쿠라이 호텔에 들어서며 말을 이었다.

"학교에서 계속 생각했어요. 아키 선생님은 말수가 적긴 하시지만, 저한텐 의외로 알기 쉬운 분이거든요? 그런데 이번만큼은 도저히 모르겠더라고요. 왜냐면 만약 토끼 상태가 안 좋았던 거면 그냥 데려왔으면 되는 문제잖아요."

"그, 그게…."

"그래서, 아키 선생님이라면 왜 상태가 안 좋은지 그 원인까지 알아내려던 게 아닐까, 싶었어요. 그런데 토끼장에서 토끼랑 같이 있으면서 알아낼 수 있는 게 뭘까 궁금하더라고요. 안정감?"

쉴 새 없이 말을 잇는 데즈카의 모습에, 아키는 본인이 많이 고민하게 만든 것 같아 내심 미안해졌다. 다만, 초등학교 토끼장 안에서 하룻밤을 지새운 걸 보고 황당해할 줄 알았는데, 오히려 데즈카는 아키의 마음을 헤아리려고 했다.

늘 괴짜 취급당하는 데 익숙하던 아키에게 그것은 새로운 경험이었다.

아키는 진지하게 고민하는 데즈카의 얼굴을 쳐다보았다.

이렇게까지 진심으로 생각해 주는 사람을 괜히 어설프게 속이고 싶지 않았다. 그렇지만 토끼가 알려줬다는 사실만은 들키지 않으려 조심스럽게 말을 골라서 입을 열었다.

"저, 저기… 딱 한 마리가, 겁먹은 듯 보여서, 그래서…"

"겁을 먹었다고요?"

"네, 네. 한 마리만, 이상해서…. 무서운 게 있었다면, 전부 다 무서워했어야, 했는데."

"무서운 것… 이라. 그래서 하룻밤 지내보니 아시겠던가요?"

아키는 꿀꺽 침을 삼켰다.

긴장감이 전달됐는지 데즈카는 작게 고개를 흔들었다.

"그래서, 그…, 추측, 인데…. 급식, 식재료를 나르는, 트럭이…, 엄청, 크고…, 곰 그림에…, 엔진음이…."

"…그렇군요. 트럭이라."

데즈카는 아키의 띄엄띄엄한 설명에 바로 고개를 끄덕였다. 오히려 궁금증이 풀려 속이 후련해진 듯한 모습이었다.

그리고 평소와 다름없는 태도로 씨익 웃었다.

"그럼 옮겨야겠네요."

"네?! 아, 그…, 뭘…."

"당연히 토끼장이죠."

너무 쉬운 결단에 아키는 한 방 더 맞은 것만 같았다. 여태껏 어떤 일이든 데즈카는 아키의 의견을 부정한 적이 없었다. 이번에도 마찬가지였다.

많은 사람의 수고와 시간이 들어간 만큼 아키는 쉽사리 결정을 내리지 못하고 있었는데, 데즈카는 아랑곳하지 않았다. 오히려 아직 확신이 없는 아키보다 더 확신을 가진 것처럼 느껴지기까지 했다.

"그럼 강아지 산책 겸 학교에 가서 토끼장을 옮길 만한 곳이 있는지 어떤지 마츠사카 선생님과 상의해 보죠."

"저기, 그, 그치만…. 모두 열심히, 만들, 었는데."

"토끼장 정도는 어른 몇 명만 있으면 충분히 옮겨요. 별거 아니에요. 고정하는 거나 주변 울타리 옮기는 일쯤은 저도 할 수 있고요."

"왜, 그렇게…!"

왜 그렇게까지 자기 말을 믿어주느냐.

아키는 그렇게 말하려다가 입을 다물었다. 자신감 없는 아키에게 그 말은 자만처럼 느껴졌기 때문이었다.

그러나 데즈카는 마치 아키의 다음 말을 알고 있다는 듯 입을 열었다.

"왜라뇨. 그야 아키 선생님이 옳으니까요."

"네…?"

"동물에 대한 일이라면 온 힘을 다하시잖아요, 항상. 아키 선생님만큼 진심인 분은 없을 거예요. 그래서 아키 선생님이 내린 결론이라면 제겐 늘 정답이에요. 다른 이유는 없어요."

"데즈, 카…."

"게다가 저 그 토끼장, 좀 좁다고 생각했거든요. 그러니까 이번엔 다 같이 더 좋은 장소를 찾아보죠."

"네…!"

아주 당연하다는 듯 덤덤히 읊조리는 데즈카의 말에 아키는 마음이 떨렸다. 태어나서 여태껏 대부분의 일을 홀로 생각해 왔던 아키에게, 본인의 생각을 인정받는 경험은 특별한 것이었다.

차오르는 감동에 아키의 눈시울이 뜨거워졌다.

"어, 잠깐만요…. 아키 선생님…?"

"추, 출발, 하죠!"

"네?! …저기, 아직 강아지한테 목줄 안 채웠어요…!"

터질 것만 같은 울음을 삭이려 밖으로 나서자, 데즈카는 허겁지겁 강아지들에게 목줄을 채웠다. 그리고 두 사람은 함께 학교로 향했다.

이상하리만큼 발걸음이 가볍게 느껴졌다.


"―그렇군요. 확실히 조그마한 토끼에게 트럭 엔진음은 무서울 수도 있겠어요. 생각조차 못 했는데, 차가 드나드는 곳은 배기가스도 마음에 걸리니 옮기도록 하죠."

이야기를 꺼내자 마츠사카는 아키의 걱정이 무색하게도 흔쾌히 토끼장 이전을 수락했다. 데즈카도 그렇고, 마츠사카까지 너무도 쉽게 무리한 요구를 이해해 주는 모습에 아키는 도리어 충격을 받았다.

"무서워하는, 건, 꼬마, 뿐, 인데요…."

"하하. 어쩐지 귀엽네요, 겁쟁이라니. 참고로 옮길 곳은 운동장 구석에 도구 정리하는 곳이 있는데, 그 옆자리가 어떨까요? 점심시간에 아이들이 보러 오기도 쉽고, 밤에는 분명 조용할 겁니다."

"좋을, 것 같아요…!"

"다만 운동장 쪽은 햇볕이 너무 잘 든다는 이유로 처음엔 기각되었던 곳입니다. …지붕을 개조해서 커다란 차광막을 달면 괜찮을까요?"

"네! 고, 고맙, 습니다…!"

"왜 아키 선생님이 고맙다고 하십니까?"

마츠사카는 이상하다는 듯 웃으며 곧바로 아키 일행을 운동장 쪽으로 안내했다.

도구 보관함 옆은 널찍했고, 차도 드나들지 않았다. 마츠사카의 말대로 햇볕에 너무 잘 들어 일교차가 걱정되었지만, 원래 토끼장 벽은 철망이라 바람도 잘 통했고 차광막을 추가로 달면 문제는 없을 듯했다.

"아주, 좋은, 곳이에요!"

"그거 다행이네요. 그럼 다른 선생님들과 상의해서 옮기도

록 하겠습니다."

"아침이나 저녁때 하신다면 저도 도울게요."

"저, 저도, 요…!"

이리하여 너무나도 쉽게 토끼장 이전이 결정되었다.

실제 작업은 데즈카와 마츠사카의 말처럼 쉽지 않았고, 지붕 추가 공사도 우여곡절이 있었지만, 이전 자체에 불만을 토로하는 사람은 한 명도 없었다. 오히려 선생님들은 울타리를 둘러 만들었던 토끼들의 앞뜰이 더 넓어져 무척 좋아했다고 한다.

이윽고 토끼장이 완성되어 옮겨진 이후로 아키는 종종 꼬마의 상태를 살펴보러 학교에 드나들었다.

그러나 걱정할 필요도 없이 꼬마는 새로운 환경이 마음에 쏙 든 듯, 스트레스를 받는 듯한 기색은 전혀 느껴지지 않았다.

이렇게 꼬마 소동은 일단락되었다.


"토끼들, 잘, 있을까…"

"바로 이틀 전에 왕진 다녀오셨잖아요."

저녁 산책 후, 사쿠라이 호텔에서 마치 입버릇처럼 토끼 걱정을 하는 아키에게 데즈카는 웃으며 말했다.

"그, 그렇긴, 하지만요."

"뭐, 본인이 담당한 동물은 신경이 쓰이기 마련이죠. 전 수의사는 아니지만 일단 동물을 연구하는 입장이라 이해가 가요. …하지만 너무 토끼 타령만 하면 메로가 삐칠 겁니다?"

데즈카는 그렇게 말하고는 메로를 안아서 아키의 무릎에 앉혔다.

메로는 아키의 볼에 코를 부비며 "냐앙" 하고 울었다.

"아키, 토끼."

"어라. 메로도, 토끼가, 궁금한가, 봐요."

"하하, 메로도 참. 딱 그럴싸한 타이밍에 대답을 하네요."

아키는 문득 데즈카를 올려다보았다.

"저기, 데즈카."

"말씀하세요."

"어…, 아니, 아니에요."

"내일 아침에 가봐요."

동물의 말을 알아듣는 아키보다 어쩌면 데즈카의 독심술이 더 대단한 능력이 아닐까? 요즘 아키는 문득문득 그렇게 느꼈다.

놀라워하는 아키에게 데즈카는 평소와 다름없는 미소로 화답했다. 그리고—.

"저는 선생님이 가시는 곳이라면 그게 어디든 함께할게요."

그 말에 아키는 뭉클해졌다.

순간 마음속에 피어오른, 약간은 아릿함을 머금은 낯선 감정의 의미를— 아키는 아직 깨닫지 못하고 있었다.

제2장
고슴도치와 소녀의 우울

✚

 요 몇 년 사이, 고슴도치가 급속히 인기를 얻기 시작한 모양이다.

 1만 엔 대로 구할 수 있는 희귀동물로 알려지며 입양하는 가정이 늘고 있다고 한다.

 키우기 위해 준비해야 할 물건도 적은 편이고, 기본적으로는 햄스터와 비슷하다. 그리고 보드랍고 가냘픈 팔다리와 쭉 뻗은 코끝, 동그란 눈망울 등 뾰족한 가시로 덮인 몸은 그저 마냥 작고 사랑스럽다.

 SNS를 살펴보면 수많은 고슴도치 사진과 동영상을 찾아볼 수 있는데, 보자마자 마음을 빼앗긴 젊은 여성이 속출하고 있다고 한다.

아키도 요즘엔 시간이 나면 고슴도치에 대해 찾아보고 있었다.

전에 언급했듯이 반려동물로서 키우는 가정이 늘어나면서 진찰할 기회도 늘어났다는 게 가장 큰 이유였다. 그러나 목적은 그것뿐만이 아니었다.

"하아…. 마음이, 정화된다."

아키도 고슴도치에게 마음을 빼앗긴 여자 중 하나였다.

아키는 웅크린 상태에서 팔다리를 살짝 내밀며 일어나는 고슴도치의 귀여운 동영상을 하염없이 바라보다가 한숨을 내쉬었다.

"아키 선생님, 슬슬 오후 진료 시간인데요…."

"아…, 응…!"

동영상에 빠져 있던 아키는 유키가 부르는 소리에 허둥지둥 메로를 사쿠라이 호텔로 데려다 놓은 뒤, 진료실로 돌아갔다. 그리고 아직도 모니터에 떠 있던 고슴도치 영상을 급히 끄고 부랴부랴 가운을 걸쳤다.

"와, 아…."

그렇게 정신없는 점심시간이 지나고 제일 먼저 진료실에 찾아온 손님은 다름 아닌 작은 고슴도치였다.

아키는 이 우연에 놀라워하며 운반 케이스 안의 고슴도치를 바라보았다.

데려온 사람은 근처에 사는 모녀로, 아직 젊은 엄마인 레이코와 중학생인 딸 하나였다. 고슴도치의 이름은 노이에. 최근 기운이 없는 데다가 자꾸 가시를 세우고 이상한 울음소리를 낸다고 한다.

"딸이 돌보는 애라 저는 잘 모르는데… 점점 쇠약해지는 것 같다고 그러네요."

"그렇, 군요. …조금, 살펴볼 테니…, 대기실에서, 기다려, 주세요."

사쿠라이 동물병원에서는 문진 때를 제외하고 주인은 동행하지 않는다는 규칙이 있다. 물론 아키가 직접 동물의 말을 듣기 위해서였다.

유키가 문을 닫자 모녀는 대기실로 돌아갔다.

아키는 고슴도치 케이스를 끌어안고 처치실로 이동했다.

"노이에."

처치대 위에 올려두려고 손을 뻗자 노이에는 순식간에 경계심을 드러내며 등을 둥글게 말고 가시를 뾰족하게 세웠다. 아키가 손을 거두자 노이에는 조심스레 얼굴을 내밀더니 씩씩거리며 위협적인 소리를 냈다.

"괜찮아, 날, 봐봐."

아키는 노이에의 눈을 쳐다보았다. 고슴도치는 사람을 따르는 아이와 따르지 않는 아이의 개체차가 심한 동물이지만, 아키에게 그런 걱정은 필요치 않았다.

조용히 눈을 바라보자 이윽고 노이에는 바짝 세운 털을 천천히 누그러뜨리더니 작은 다리로 몸을 일으켜 세웠다.

아키는 안심하며 손끝으로 머리를 살살 쓰다듬었다.

"다행이다. …노이에, 어디, 안 좋니?"

그러나 상대가 작으면 작을수록, 그리고 야생에 가까우면 가까울수록 의사소통은 어려웠다. 문제없이 대화를 나눌 수 있는 동물의 종류는 손에 꼽을 정도다. 당연히 고슴도치와의 대화도 쉽지 않으리라 예상은 하고 있었다.

그래서 아키는 가급적 쉬운 질문만 던졌다.

"아픈 데, 있니?"

한동안 아키를 쳐다보던 노이에의 눈이 촉촉해지더니 "뀨뀨" 하며 작게 울부짖었다.

"아프지는, 않구나."

아키는 살포시 손을 뻗어 천천히 몸을 누인 후 복부를 통해 심장 소리를 들었다. 그리고 체중계에 올려놓고는 노이에가 진정한 것을 확인한 다음 채혈을 하고, 마지막으로 발톱을 깎아주었다. 혈액검사 결과가 나올 때까지는 단정할 수 없지만, 현재로선 딱히 이상한 점이 보이지 않았다.

아키는 모든 검진을 마친 후 노이에를 손바닥에 올려놓고 진찰실로 돌아가 대기실로 통하는 문을 열었다.

"기다리셨, 습니…."

눈앞의 광경에 아키는 말문이 막히고 말았다.

레이코와 하나가 각각 소파 양 끝에 앉아 있었기 때문이었다. 아무리 봐도 부자연스러운 광경이었다.

"저, 저기…."

그 순간, 노이에가 씩씩거리며 내며 가시를 세웠다.

아키는 깜짝 놀랐지만, 행여나 노이에가 떨어질까 싶어서 아픔을 참고 살포시 카운터 위에 내려놓았다. 그러자 레이코가 후다닥 몸을 일으켰다.

"선생님, 괜찮으세요? 죄송합니다…!"

"아, 아뇨. 괜찮아요…!"

"사람 손에 얌전히 올라가 있을 때가 거의 없는 애라서."

"아, 그치만…."

아키가 우물쭈물하는 사이 하나가 다가오더니 노이에를 아무렇지 않게 안아 들고 진료실 안으로 들어갔다.

"저 애 빼고요."

"그렇, 군요…."

아키와 레이코도 다시 진료실로 돌아갔다.

모녀에게 의자를 권한 아키는 곧바로 진찰 결과를 설명했다.

"혈액검사, 결과가, 이틀 후에, 나오는데…. 지금으로서는, 몸에 이상은 없어, 보여요."

심장 소리도 체중도 피부도 발톱도, 아키가 진찰한 바로는 모두 정상이었다. 물론 혈액검사 결과를 봐야겠지만, 무엇보다도 노이에가 스스로 아픔이나 이상한 점을 느끼지 않고 있었다.

그러나 그때, 갑자기 하나가 의심스럽다는 듯 자리에서 벌떡 일어섰다.

"거짓말…. 병이 틀림없어요. 우는 소리도 이상하고, 식욕도 없단 말이에요. 이대로 두면…."

하나가 입을 연 것은 이때가 처음이었다. 놀란 아키는 하나를 쳐다보았다. 하나의 눈동자는 불안으로 흔들리고 있었다.

아키는 하나의 눈을 바로 쳐다보며 고개를 저었다.

"고슴도치, 아주 겁이 많아서, 스트레스에 취약한, 동물이에요. …혹시, 뭔가, 불안한 일이, 있었을지도 몰라요."

"불안한 일…? 원인을 모를 땐 어떡해야 돼요?"

"편안하게, 지낼 수 있게, 환경을 정비해, 주세요."

"…힘들다, 힘들어. 고슴도치 키우기."

커다란 한숨과 함께 그 말을 내뱉은 사람은 다름 아닌 레이코였다.

하나가 입을 꾹 다물었다.

"손이 많이 안 간대서 허락했더니만 가시 때문에 만지기도 위험한 데다가 스트레스에 약하다니, 번거롭게…."

"저기…, 하지만…."

갑작스레 터져 나온 불만에 아키는 말문이 막혀 버렸다.

동물을 병원에 데려오는 보호자들은 굳이 따지자면 걱정이 앞서는 사람들이 대부분이다.

아무리 증상이 사소해도, 주변 사람 눈에는 과민반응처럼 보여도 대기실에 앉은 보호자 중 상당수는 불안한 표정을 짓고 있다. 아키는 그런 보호자들의 모습을 볼 때마다 동물에게 얼마나 큰 사랑을 쏟는지 느껴지는 듯해 기분이 좋았다.

그러나 레이코는 원래 동물을 그리 좋아하는 사람이 아닌 듯했다. 사람이 모두 다르다는 사실은 당연히 알고 있었지만, 동물 중심으로 살아온 아키는 살짝 마음이 아렸다.

게다가 동물을 키우는 데는 같이 사는 가족들의 이해와 협력도 필요한 만큼, 싫어하면 그냥 내버려 두라는 말로 끝날 사안이 아니었다.

아키는 전전긍긍하며 두 사람을 번갈아 쳐다보았다. 바로 그때였다.

"이 세상에 손이 많이 안 가는 동물은 없습니다."

갑자기 등 뒤에서 날카로운 목소리가 울려 퍼졌다. 모두 일제히 뒤를 돌아보자 그곳에는 유키가 대기실로 통하는 문을 잡은 채 모녀를 쳐다보고 있었다.

기본적으로 유키는 감정을 겉으로 잘 드러내지 않았지만, 지금만큼은 얼굴에 분명한 분노의 기색이 서려 있었다. 좀처럼 보기 드문 유키의 모습에 아키는 벌떡 몸을 일으켰다.

"유, 유키. 저어…."

"손 가는 게 싫으시면 처음부터 동물을 집에 들이시지 말았어야죠. 아무리 작아도 생명이니만큼 사람이랑 똑같이 먹고 자야 하는 데다가 스트레스는 최대의 적입니다. 멋대로 입양해 놓고 손이 가서 싫다는 건 너무 이기적인 말 아닌가요? 그 어떤 동물도 행복해질 권리가 있습니다."

"유키…!"

아키는 당연히 그 말에 동의하는 편이었다. 그러나 레이코가 노골적으로 언짢은 기색을 드러내자 놀란 아키는 유키를 제지했다.

하지만 이미 늦은 듯, 레이코는 유키를 매섭게 노려보았다.

"남의 집 사정도 모르는 생면부지 타인에게 내가 왜 이런 말까지 들어야 하죠? 그쪽 사고방식을 나한테 강요하지 말아 줄래요?"

"어떤 사정이든 간에, 동물을 함부로 대해도 되는 이유 따윈 없습니다."

"저기요!"

"그럼 어떡해야 돼요?"

금방이라도 폭발할 듯한 레이코를 막아 세운 것은 다름 아닌 하나의 말이었다.

하나는 진지한 표정으로 유키를 똑바로 바라보았다.

"가르쳐 주세요."

유키도 그 말에는 조금 놀란 듯했다. 맥이 빠진 레이코는 여봐란듯이 크게 한숨을 내쉬고는 도로 의자에 앉았다.

한번 헛기침을 한 유키는 이내 평소처럼 차분한 표정으로 하나와 눈을 맞췄다.

"이렇게 겁이 많은 동물에게 스트레스는 만병의 근원이랍니다. 그러니 일단은 차분하게 지낼 수 있는 환경을 조성해 줘야 해요. 물론 스트레스를 풀어 줄 수 있는 방법도 몇 가지 있는데, 지금부터 하나씩 알려드릴 테니 하나씩 시험해 보세요."

"네…."

"뭐 마음에 걸리는 건 없고요?"

"저, 저기…. 제가 학교에 가 있을 때가 불안해요…. 애가 자꾸 약해져서요."

하나는 레이코를 흘끗 쳐다보았다. 그 눈길에서 노골적인 불신이 느껴졌다.

아무래도 학교에 가 있는 동안은 레이코가 돌보는 모양이었는데, 신뢰 관계가 없는 돌봄은 불가능하다.

어쩔 줄 몰라 하는 아키 앞에서 유키는 태연히 고개를 끄덕였다.

"그렇군요. 그럼 다 나을 때까지 사쿠라이 호텔에서 노이에를 돌보도록 할까요?"

"네…?"

"이 병원에 딸린 입원 겸 보호 시설입니다. 사쿠라이 호텔에는 이미 많은 동물이 지내고 있어요. 고슴도치 한 마리를 새로 들이는 것 정도는 일도 아니지요. 아키 선생님도 계시니 든든하죠."

유키는 그렇게 제안한 다음 아키에게 흘끗 시선을 보냈다.

평소 유키는 설령 아무리 작은 일이라도 먼저 아키에게 판단을 맡기곤 했다. 이렇게 억지로 이야기를 진행시키는 경우는 몹시 드물었다.

그러자 하나는 마음이 놓인다는 듯 안도의 한숨을 내쉬었다.

"그럼…, 부탁 좀 드릴게요. 매일 학교에서 오는 길에 꼭 들를 테니…."

이윽고 레이코가 불쾌한 표정을 지으며 자리에서 일어났다.

"가자."

"……."

하나는 고개를 숙인 채 조용히 레이코의 뒤를 따라갔다.

아키는 노이에보다, 두 사람 사이에 튀는 따가운 불꽃 같은 기류가 더 마음에 걸렸다.

"노이에…. 뭐 불안한 거, 있니?"

"뀨."

사쿠라이 호텔에 노이에가 들어온 지 며칠이 지났다. 아키는 틈만 나면 노이에의 상태를 살폈다.

하나의 걱정대로 식욕은 별로 없었지만, 건강 상태는 특별히 나쁜 곳 없이 괜찮은 편이었다.

그러나 여전히 대화가 통하지 않는 탓에 아키는 노이에의 마음을 알아낼 수 없었다.

딱 하나, 매일같이 들렀다 집에 가는 하나의 뒷모습을 쓸쓸한 듯 쳐다볼 때만 빼면 말이다. 이는 노이에가 하나를 주인으로 인식하고 있다는 증거이자 얼마나 큰 사랑을 받았는지를 보여주는 증표였다.

키워주는 사람을 알아보는 건 당연한 거 아니냐고 생각할 수도 있는데, 작은 동물들은 주인을 식별하지 못하는 경우가 많다.

그래서 아키는 하루라도 빨리 노이에를 하나의 품으로 돌려보내 주고 싶었다.

그러나 근본적인 원인을 알아내지 못하면 같은 일이 또 반복될 우려가 있다. 아키는 매일 끈기 있게 노이에게 말을 걸었지만 번번이 수포로 돌아갔다.

덧붙이자면, 진료 시간 이후 매일 사쿠라이 호텔에 찾아오는 하나를 위해 요즘은 진료가 끝난 뒤에도 호텔 문을 열어 두고 있었다.

오후 여섯 시가 넘으면 호텔 문이 스르륵 열리면서 하나가 쭈뼛쭈뼛 얼굴을 내민다.

이미 몇 번이나 왔는데도 매번 긴장한 표정으로 호텔 안을 들여다보는 모습은 마치 학창 시절의 내성적인 아키 같았다.

처음 병원에 왔을 때 엄마를 대하던 당찬 모습은 온데간데 없었다.

하나는 늘 사쿠라이 호텔 안을 불안한 눈으로 살피다가 유키와 마주치면 옅은 미소를 지었다.

"유키 선생님, 안녕하세요."

"어서 와요."

참고로 현재 하나가 마음을 연 사람은 유키뿐이었다. 아키도 싫어하는 건 아니었지만 유키만큼 마음을 열진 않은 상태였다.

내향인의 고충을 잘 아는 아키는 하나가 편하게 있을 수 있도록 늘 자리를 비켜주곤 했다. 그리고—.

"아키 선생님."

"데즈, 카…!"

동물병원의 단골인 데즈카도 요즘엔 사쿠라이 호텔로 직접 오지 않고 병원에 먼저 들렀다가 아키와 함께 호텔로 건너가 강아지들을 데리고 산책에 나서고 있었다.

그날도 강아지들과 산책하던 중, 갑자기 데즈카가 쓴웃음을 지었다.

"그건 그렇고, 유키 씨가 중학생 소녀의 마음을 사로잡다니 좀 의외네요. 표정에 속마음이 하나도 안 드러나니까 내성적인 애 입장에선 부담스러울 줄 알았거든요."

"그거야, 그렇, 지만…."

너무 잘생긴 데다 무표정하기까지 한 유키는, 굳이 따지자면 아키의 기억상 무서워하는 사람이 더 많았다. 물론 정기적으로 병원에 드나드는 보호자들에겐 두터운 신뢰를 얻고 있었지만, 애당초 그리 살갑게 구는 성격이 아니었고 아키도 그런 걸 바라지 않았다.

그래서 데즈카의 말마따나 내성적인 하나가 유키를 따르는 모습은 의외였다.

"하나네 엄마한테, 직설적으로, 얘기해서, 그럴지도요."

"아, 손이 안 가는 동물은 없다는 말이요? 진짜 멋있어요. 저라도 반했을 거예요."

"바, 반해…."
"농담이에요."
두 사람은 어느덧 대학 근처로 접어들었다. 리쿠 찾기를 시작한 이후 데즈카의 학교에서 젠푸쿠지 공원으로 이어지는 길을 종종 산책했다. 학교 정문 앞을 지날 때마다 아키는 저도 모르게 학교 건물에 시선을 빼앗기곤 했다.
"저희 학교가 꽤 마음에 드시나 봐요."
"몇 번을 봐도, 외국, 같아서요."
"그러고 보니 아키 선생님의 할아버님은 지금 프랑스에 계신다고 했죠? 피는 못 속이나 봐요, 외국 분위기를 좋아하시는 걸 보니."
"그…, 그런, 걸까요."
아키는 오랜만에 할아버지를 떠올리자 마음이 뭉클해졌다. 수의사를 꿈꾸게 된 계기는 할아버지를 존경했기 때문이었다. 그러나 그렇게 훌륭한 할아버지와 본인 사이의 공통점을 느낀 적은 별로 없었다.
그래서인지 고작 취향이 겹쳤을 뿐인데, 피는 못 속인다는 이야기를 듣자 괜스레 기뻤다.
"할아버지랑, 닮은 데가 있다니, 기뻐요."
"…아니, 애초에 동물 좋아하시는 점이 꼭 닮았잖아요."
"아…. 그렇, 네요. 너무, 당연한 일이라, 의식, 못 했어요…."

데즈카는 웃으며 발밑에서 출랑이는 강아지들의 머리를 쓰다듬었다.

"이제 슬슬 갈까요? …그, 저도 고슴도치 노이에랑 친해지고 싶은데 이번엔 나설 기회가 영 없네요."

"저도, 낄 틈이, 없어요."

"하하! 유키 씨한테 일임하죠."

두 사람이 사쿠라이 호텔로 돌아왔을 때, 유키와 하나는 마침 노이에게 모래 목욕을 시켜주는 중이었다.

문이 열리는 소리에 놀란 하나가 어깨를 움찔거리자, 유키는 살며시 그 위에 손을 얹었다.

"괜찮아, 아키 선생님이에요."

"아…, 네. 실례합니다…"

"미, 미안, 해요! 금방, 나갈게요!"

"아뇨, 괜찮으시면 두 분도 모래 목욕하는 거 보고 가시죠."

"어?! 그, 그치만…"

무심코 눈을 빛내버리는 아키의 모습에 데즈카는 웃음을 터뜨렸다. 유키도 잔잔한 미소를 지으며 손짓했다.

아키와 데즈카는 조심조심 다가가 뒤에서 고슴도치를 지켜보았다.

"모래 목욕은 고슴도치의 스트레스 해소에 좋아요. 그러나 모래가 피부에 달라붙으면 염증을 일으킬 수도 있어서, 놀이가 끝난 후에는 깨끗하게 몸을 닦아줘야 해요. 놀이가 끝난 다음 바로 목욕을 시켜주면 좋죠. 피로가 쌓일 수 있으니 먹이도 충분히 줘야 하고요."

"오, 뭔가 고급 테라피 같네요."

"딱 그렇죠."

데즈카의 감탄사에 유키는 고개를 끄덕였다.

노이에는 모래를 부은 케이지 안에서 정신없이 흙을 파며 "뀨뀨" 하고 기분 좋은 울음소리를 냈다.

처음에 병원에 왔을 때와 비교하면 많이 편안해 보였다.

아키는 그 모습에 안도하며 데즈카에게 살짝 신호를 보내 사쿠라이 호텔을 나섰다.

"괜찮으세요? 아키 선생님이라면 평생 보고 싶다고 하실 줄 알았는데."

"그건, 그렇지만 너무 쳐다보면, 스트레스, 받을 것, 같아서요."

"하긴, 한창 사춘기니까 어른들 틈바구니에 있으면 긴장될 수도 있겠죠."

"아, 어…"

아키는 노이에를 생각하고 한 말이었는데, 데즈카는 하나 이야기인 줄 안 모양이었다.

정정하려던 아키는 문득 입을 다물었다.

생각해 보니 노에이와 하나는 적은 말수, 불안정함, 높은 경계심 등이 닮아 있었다.

하나는 매일매일 사쿠라이 호텔에 드나들었다.

노이에가 차츰 안정된 모습을 본 유키도 본인이 키우는 고슴도치 '성게'를 데려오기 시작하면서, 진료가 끝난 후 하나와 함께 시간을 보내는 것이 자연스러운 일상이 되었다.

사쿠라이 호텔을 슬쩍 들여다보니 둘은 함께 모래 목욕도 시키고, 사진도 찍는 등 즐거워 보였다. 아키는 매일같이 끼어들고 싶은 마음을 억눌렀다.

그 모습에 데즈카는 늘 어이없다는 듯 웃었다.

"그렇게 신경이 쓰이시면 가끔은 끼워달라고 하셔도 되지 않아요?"

"아뇨…. 모처럼, 잘 놀고, 있는데요. 하나가 유키랑 친해져서, 저도 마음이, 좋아요."

"사춘기는 참 여러모로 어렵죠. 하나는 낯도 좀 가리는 것 같고요. 저도 저 나이 때에는 고민이 많았어요. 어른한테는 사소한 일도 저 나이대엔 묘하게 스트레스가 되기도 하니까요."

"스트레스…. 하나, 뭔가, 고민이라도…."

"뭐, 한창 고민 많을 때니까요. 하지만 유키 씨 같은 대화

상대가 있다면 얘기가 달라지죠."

"그렇, 네요."

아키도 사춘기는 겪었고, 나름대로 고민했던 기억도 있다. 그러나 수많은 동물이 이야기 상대가 되어주었던 데다가 할아버지 또한 다정하게 대해 주셨다.

그래서 설령 하나에게 고민이 있다 하더라도, 동물들이 아키를 도와주었듯 유키가 도와준다면 걱정하지 않아도 될 것 같았다.

"그러니까 저흰 그냥 지켜봐요. 고슴도치는 나중에 유키 씨의 성게를 만지게 해 달라고 하면 되죠."

"…하지만, 두 마리, 같이 있으면…, 그게, 진짜….."

아키는 유키가 보내준, 노이에와 성게가 나란히 동그랗게 웅크리고 있는 사진을 데즈카에게 보여주었다.

데즈카는 더는 못 참겠다는 듯 웃음을 터뜨렸다.

"정말 잘 참고 계시는군요, 아키 선생님."

"네, 네…"

"그럼 저흰 산책하러 갈까요?"

"네…!"

아키와 데즈카는 살금살금 호텔로 들어가 강아지 두 마리와 메로를 데리고 산책에 나섰다.

참고로, 그동안 좀처럼 입양되지 않던 강아지들도 곧 입양

희망자가 직접 보러 오기로 했다.

평생 돌봐 줄 사람이 정해지는 건 기쁜 일이었지만, 이번엔 두 마리 다 오래 있었던 만큼 쓸쓸함도 컸다.

"입양 가면 한동안은 또 산책할 일도 없겠네요."

"하지만…, 리쿠 찾기를, 하고, 싶어요…."

"고맙습니다. …그럼, 산책은 메로랑 같이 계속하죠."

"네, 꼭…!"

이리하여 사쿠라이 호텔에 머무는 동물들이 계속해서 바뀌는 동안에도 데즈카는 매일같이 드나들었다. 요즘엔 하나까지 찾아와 호텔은 활기가 넘쳤다.

평화로운 일상이 아키의 마음을 채워갔다.

작은 사건이 일어난 것은 바로 그다음 날의 일이었다.

저녁 무렵, 하나는 평소처럼 사쿠라이 호텔에서 유키랑 노이에와 놀아주고 있었다.

노이에의 컨디션은 좋았다. 식욕도 완전히 돌아와 다시 집에 데려가도 될 정도였지만 아키는 일부러 하나에게 그 사실을 말하지 않았다.

하나는 무척이나 내성적이었지만, 유키와 보내는 시간만큼은 편안해 보였기 때문에 아키는 유키에게 이번 일을 맡기기로 했다.

아키는 그날도 두 사람을 방해하지 않으려 대기실에서 데즈카를 기다렸다.

얼마 지나지 않아 사쿠라이 호텔에서 미리 데려왔던 메로가 귀를 쫑긋거렸다.

"데즈카가, 왔니?"

방문객의 기척에 민감한 메로는 벨이 울리기 전에 반응하곤 했다. 아키는 메로를 안은 채 일어섰다. 그리고 곧이어 예상대로 인터폰이 울리자 서둘러 문을 열었다.

"네, 네…!"

그러나 그곳에 서 있는 사람은 데즈카가 아닌 하나의 엄마 레이코였다.

"하나, 여기 와 있죠?"

"어, 그게…."

"어디 있어요?"

레이코는 동요하는 아키의 모습은 안중에도 없다는 듯 캐물었다. 얼굴에는 분노가 서려 있었다.

"저기, 일단, 진정…."

"무슨 일이세요?"

그때, 말소리가 들렸는지 유키가 호텔에서 얼굴을 내밀었다. 그리고 레이코의 모습을 보고 꾸벅 고개를 숙였다.

"하나의 어머님이시군요. 안녕하세요."

"하나 어딨어요?"

"안에 있는데, 왜 그러시죠?"

유키는 냉정했지만 레이코의 심상치 않은 분위기를 느낀 것 같았다. 평소보다 더 완벽한 미소가 그 사실을 대변했다.

"만나게 해줘요."

바로 병원 밖으로 나온 레이코는 호텔 쪽으로 향했다. 그러나 문고리를 잡기 전 유키에게 제지당했다.

"기다려 주십시오. 안에는 예민한 동물들이 있으니 조용히 해 주실 수 있으실까요?"

"됐고, 하나 나오라고 해요."

레이코는 유키를 노려보았으나 유키는 눈 하나 깜짝하지 않았다. 바로 그때 호텔 문이 열리더니 하나가 얼굴을 내밀었다.

"하나…!"

레이코가 이름을 부르자 하나는 유키의 등 뒤로 숨었다.

삽시간에 분위기가 얼어붙었다.

아키가 절절매며 지켜보는 가운데 레이코는 분노에 떨며 낮은 목소리를 쥐어 짜냈다.

"너…, 여태 계속 학원 빠졌지?"

그 순간, 유키는 등 뒤의 하나를 쳐다보았다. 그 반응을 보니, 유키 역시 모르고 있었음이 분명했다.

두 사람의 시선이 쏠리자 하나는 껄끄러운 듯 고개를 숙였다.

"오늘 학원에서 전화 왔어. 왜 계속 안 오는지 궁금하다고. …설마, 매일 여기서 땡땡이치고 있었니…?"

그러니까 하나는 그동안 계속 학원을 빠지며 사쿠라이 호텔에 드나든 셈이다.

아무것도 몰랐던 아키는 놀랐지만, 그렇다고 하나를 책망하고 싶지는 않았다.

"저, 저기…, 일단, 이유를…."

무심코 끼어들자 레이코는 아키를 째려보았다. 놀란 아키가 움츠러들자 유키가 입을 열었다.

"죄송합니다, 그런 사정이 있는 줄 전혀 몰랐어요. 그렇지만 아키 선생님 말씀대로 먼저 이유를 물어보는 게 어떠할까요?"

"무리예요. 얘, 나한텐 아무 말도 안 하거든요."

내던지듯 뱉은 그 말에 아키와 유키는 순간 얼어붙었다. 하나도 슬그머니 시선을 내리깔았지만, 가장 상처받은 표정을 지은 사람은 바로 레이코였다.

이윽고 유키가 작게 한숨을 내쉬더니 하나를 돌아보았다.

"말로 모든 걸 다 이해하기란 몹시 어려운 일이지만, 말로 전할 수 있는 것도 적지 않아요. 마음속에 있는 생각을 한번 얘기해 보는 게 어때요?"

하나는 긴장 어린 표정으로 잠시 유키를 물끄러미 쳐다보았다.

그러다 이내 결심한 듯 입을 열었다.

"난…, 더는 공부하기 싫어…. 왜 해야 하는지 모르겠어…."

그 말을 들은 레이코는 굳어버렸다. 그러다 떨리는 손을 꽉 쥐며 하나를 매섭게 노려보았다.

"널 위해 내가 얼마나 애썼는지 알아? 학원도 과외도, 다 네 장래를 위해서라고…!"

"난 원한 적 없어…."

"널 위해서란 말이야…. 그걸 왜 몰라주니?"

레이코가 언성을 높이자 아키는 참지 못하고 래이코의 팔을 덥석 붙잡았다. 레이코의 얼굴은 분노로 얼룩져 있었지만 어딘가 슬퍼 보이기도 했다.

부모님이 없는 아키는 두 사람의 감정을 완전히 이해하지 못했다. 그러나 각자의 마음이 엇갈리고 있다는 사실만큼은 확실히 알 수 있었다.

"일단 두 분 모두 진정하시죠. 여기서 얘기해 봐야 분명 좋은 결론은 안 날 테니까요."

유키의 말에 하나는 호텔 안으로 도망치다시피 들어갔고, 레이코는 조용히 고개를 끄덕였다. 아키는 유키에게 슬쩍 눈

짓을 보낸 후 레이코를 대기실로 안내했다.

아키가 소파에 앉으라고 권하자 레이코는 맥이 풀린 듯 주저앉아 멍하니 있었다. 메로가 그 옆에 다가가 "냐옹" 하고 작게 울었다.

레이코는 그런 메로를 쳐다보며 나지막이 한숨을 내쉬었다.

"설마 학원을 빼먹고 동물병원에 드나들 줄이야…."

"그… 하나는, 동물을, 아주 좋아해요. 아주 많이…. 노이에를 예뻐, 하느라."

"옛날부터 툭하면 개나 고양이를 키우고 싶다고 했는데 다 안 된다고 했어요. 개가 동물을 어떻게 돌보겠나 싶어서."

"왜, 죠…?"

"왜냐면 그 애는 공부하느라 바쁘…."

레이코는 말하다 말고 입을 다물었다. 걱정이 된 아키가 옆에 앉자 레이코는 깊은 한숨을 내쉬었다.

"…원한 적 없다는 말이나 들어버렸지만요."

떨리는 목소리였다.

어지간히 충격이었는지 레이코는 머리를 거칠게 쓸어올리더니 이마를 짚은 채 혼잣말처럼 중얼거리기 시작했다.

"그 애는…, 어릴 때부터 무척 똑똑했어요. 성적도 늘 상위권이었고 어딜 가든 칭찬만 듣다 보니 언제부턴가 너무 큰 기대를 걸었던 것 같네요…. 대학도 그렇고 장래도 그렇고. …당사자는 무시한 채로 말이죠."

처음엔 무섭게만 느껴지던 레이코가, 지금은 너무나 작고 연약해 보였다.

아키는 저도 모르게 레이코의 어깨에 손을 올렸다.

"저, 저기…. 저는, 조금, 부러워요."

"네…?"

"전, 부모님이, 일찍 돌아가셔서…. 장래에 대해, 생각해 줄 사람이 있다는 게, 부러워요."

"…그랬군요."

"하, 하지만, 전, 하고 싶은 일이, 뚜렷했기 때문에…. 하나 마음도, 이해가, 가요."

이유도 모른 채 억지로 강요당하는 일은 사춘기엔 특히나 더 괴롭게 느껴질 수 있다. 그러나 그런 혼란스러운 시기이기에 마음을 쏟을 수 있는 무언가를 홀연히 만나기도 한다. 하나에겐 그건 아마 동물, 고슴도치 노이였을 것이다.

어릴 때 모든 것을 갑작스럽게 잃고, 시스와 만나 삶의 방향을 찾아낸 아키는 그 마음을 뼈저리게 이해할 수 있었다.

"하지만 그 앤 아직 장래에 대해 아무 생각이 없어요. 그래서 언젠가 후회하지 않게 공부만큼은 했으면 좋겠는데."

"이해, 해요. …하지만, 너무 바쁘면, 장래에 대해 생각할, 여유가, 없어질 수도, 있고…."

마음이 들리는 동물병원

"생각할 여유…?"

"목표를, 찾으면…, 누가 뭐라 하지 않아도, 잘, 해나갈 거예요. 분명."

레이코는 필사적으로 말을 이어 나가는 아키의 모습을 진지하게 바라보았다.

그러더니 몇 번째인지 모를 한숨을 내쉬며 천천히 몸을 일으켰다.

"그러면 좋겠지만요."

아키가 걱정스레 쳐다보자 레이코는 작게 끄덕였다.

"오늘은 그만 갈게요. …어차피 억지로 끌고 가 봐야 똑같은 일만 반복될 테니까요. 성가시게 해드려 죄송하지만, 하나를 잘 부탁드려요."

"네, 네…!"

레이코가 돌아가자마자 아키는 소파에 맥없이 몸을 기댔다. 그러자 바통 터치하듯 이번엔 데즈카가 나타났다.

"무슨 일, 있었나요…?"

"데즈, 카."

데즈카의 얼굴을 보자 곧바로 긴장이 탁 풀려버렸다. 데즈카는 고개를 갸웃거리며 탈진한 아키 옆에 앉았다.

아키는 방금 일어난 일을 차분히 설명했다.

"그렇군요…. 역시 하나는 노이에랑 똑같았네요."

"네?"

"스트레스 때문에 반발했다는 점이요. 하나의 경우는 주변의 과한 기대와 압박이겠죠. 목표도 없이 노력하자니 상당히 힘들었을 거예요."

"저도, 같은, 생각이에요."

아키의 눈에는 사쿠라이 동물병원에 처음 왔을 때 매섭게 가시를 세우던 노이에와, 조금 전 엄마에게 반항하는 하나의 모습이 겹쳐 보였다.

애당초 개나 고양이처럼 사람을 따르는 습성이 없는 고슴도치 같은 동물과 돈독해지는 데는 시간이 많이 걸린다. 조금씩 이해하며 스트레스의 원인을 없애 주고 천천히 스며드는 방법 말고는 없다. 물론 애정과 끈기도 필요하고.

그러나 노이에는 하나를 아주 잘 따랐고, 하나도 노이에를 제법 잘 보살폈다. 시간에 제약이 있는데도 열심히 돌봐 주었다는 증거였다.

"하나는, 목표가, 생기면, 열심히 할, 타입이에요. 그래서, 시간이 필요하다고, 생각해요."

"그렇네요. 사춘기란 여러모로 힘들지만, 고민하면서 열심히 자기 자신을 알아가고, 길을 찾는 시기이기도 하니까요."

"자기, 자신…. 데즈카도, 그랬어요?"

"부끄럽게도요. 방황 많이 했죠, 장래에 대해서도 그렇고 뭐 이것저것….”

데즈카는 대학에서 동물행동학이라는 특이한 연구를 하고 있다. 일반적으로 잘 알려진 분야가 아닌 만큼, 거기에 이르기까지의 우여곡절이 있었겠다는 예상은 쉽게 할 수 있었다.

그때, 메로가 갑자기 무릎 위에 올라오더니 아키의 눈을 쳐다보았다.

"메로…?"

"울고 있어."

"응?"

누구 얘기인지는 물을 필요도 없었다.

아키는 데즈카의 팔을 잡아끌고 대기실을 빠져나와 바깥쪽 문을 통해 사쿠라이 호텔로 들어갔다. 그러자 그곳엔 메로의 말대로 손으로 얼굴을 가린 채 울고 있는 하나가 있었다.

유키는 그 옆에 앉아 하나의 등을 토닥이고 있었다.

"아…, 하나….”

순간, 우르르 몰려들기보다는 유키에게 맡기는 게 낫지 않을까 하는 생각이 들었다. 그러나 그때 노이에가 위협하는 소리를 내자, 유키가 아키를 쳐다보았다.

"두 분께 노이에를 부탁드려도 될까요?"

"아…, 응…!"

아키와 데즈카는 노이에의 케이스에 다가가 안을 들여다보왔다. 그러자 노이에는 곧바로 가시를 곤두세웠다.

"괘… 괜찮아…!"

어떤 동물이든 보통은 아키를 보자마자 금세 진정하는데, 노이에는 몸을 잔뜩 웅크린 채 작게 바들바들 떨고 있었다. 살며시 손을 내밀어 보았지만, 계속해서 겁먹은 듯한 소리만 냈다.

"노이에…."

극도로 불안해 보이는 그 모습에, 울고 있던 하나가 고개를 확 들었다. 그리고 케이스 안을 들여다보자 노이에는 웅크린 몸을 조금 풀더니 하나를 쳐다보았다.

"뀨…."

"노이에…?"

"주인이 슬퍼하는 것 같으니까 덩달아 불안했나 봐."

데즈카가 입을 열었다.

눈이 커다래진 하나를 데즈카는 웃으며 바라보았다.

"고슴도치도 옆에 있는 사람이 화내거나 슬퍼하면 민감하게 감정을 캐치하거든. 아마 노이에도 하나의 감정을 느끼고 같이 힘들어했던 건 아닐까?"

"노이에…."

하나가 다시 노이에를 쳐다보자, 노이에는 작게 코를 킁킁거리며 하나를 똑바로 올려다보았다.

하나가 살며시 손을 내밀자 노이에는 웅크린 몸을 천천히 펴더니 가시를 누인 채 하나의 손에 몸을 부비며 다가왔다.

"난 가끔은 노이에처럼 가시를 세워도 된다고 봐. 본인이 하고 싶은 일은 역시 본인이 직접 결정해야 한다고 생각하는데, 그거 꽤 에너지가 많이 소모되거든. 그래도 뭔가 이게 아니다 싶으면, 제대로 표현하는 것 또한 중요한 일이야."

"……"

어느새 하나는 눈물을 그쳤다.

그때 아키의 등에 올라타 있던 메로가 천천히 몸을 뻗으며 하나의 품으로 이동했다. 하나는 당황하면서도 익숙한 손길로 메로를 끌어안았다. 유키가 조용히 미소 지으며 말했다.

"메로도 하나를 걱정했나 보네요."

"얘가요…?"

"메로는 과보호자인 아키 선생님과 대부분의 시간을 같이 보낸 탓인지, 사람의 감정에 유달리 민감해요. 우습게도 오히려 대화를 나눌 수 있는 인간들이 더 쉽게 마음이 어긋나곤 하죠."

아키와 데즈카는 '인간들'이 하나와 레이코를 가리키는 말임을 알아챘다.

"말에 너무 의지하다 보면 가까운 이의 감정을 헤아리지 못하게 되죠. …하지만, 그렇기에 인간에겐 말이 꼭 필요하답니다."

"…알아요. 하지만…, 어떻게 말을 해야 좋을지, 모르겠어요…."

"무슨 말을 해야 할지, 아직 어떻게 해야 좋을지 모르겠다는 것도 그대로 다 털어놓으면 되지 않을까요?"

문득 하나의 눈동자가 흔들렸다.

"화내지 않을까요?"

"행여나 화를 내고 답답해해도, 하나의 인생을 결정할 권리는 하나에게 있어요. 분명 전해질 겁니다. 그 어떤 어른이라도 옛날엔 다 어린이였으니까요. 방황하고 불안해한 적 없는 사람은 이 세상에 없어요."

"……."

하나는 잠자코 듣기만 했지만, 유키의 말이 전해졌다는 사실은 표정으로 알 수 있었다.

이윽고 노이에가 다시 얌전해지자, 유키는 시계를 흘끗 보고는 하나의 머리 위에 살포시 손을 얹었다.

"자, 그만 갈까요? 집까지 데려다줄게요."

"…죄송해요."

"걱정할 것 없어요. 만약 어머니께 이야기하는 게 무섭다면 같이 있어 줄게요."

하나는 조용히 고개를 끄덕이고는 아키와 데즈카에게 꾸

벅 인사를 한 후, 유키와 함께 사쿠라이 호텔을 나섰다.

남겨진 아키와 데즈카는 두 사람의 뒷모습을 배웅한 뒤, 눈을 마주치고는 안도의 한숨을 내쉬었다.

"괜찮, 으면, 좋겠는데, 말이죠."

"…아니, 그보다 유키 씨, 여자 대하시는 모습도 엄청 젠틀하시네요…. 저 사람이 본심을 드러내면 진짜 위험할 것 같은…."

"저, 저기요…?"

"…죄송합니다, 혼잣말이에요."

데즈카의 중얼거림에 아키가 고개를 갸우뚱거리자, 데즈카는 쓴웃음을 지었다.


그날 이후로도 하나는 학교가 끝나면 사쿠라이 호텔에 꼬박꼬박 들렀다. 그리고 변함없이 유키와 함께 노이에와 놀다가 어두워지면 돌아갔다.

유키의 말로는 '대화 끝에 생각할 시간을 얻어 냈다'고 했다.

그동안은 학원도 쉬고, 부모님 또한 공부나 장래에 관해 아무 말 하지 않기로 약속했다고 한다.

한계까지 스트레스가 쌓여 있던 하나에겐 가장 좋은 방법이었지만, 아키는 유예 기간이 대체 언제까지인지, 하나의 방

황이 언제까지 계속될지 모르는 만큼 마음이 놓이지 않았다.

그러나 정작 하나는 어쩐지 표정이 차분해 보였다.

"그러고 보니 하나는 전국 모의고사 성적이 지역 20위 권에 들 만큼 공부를 잘한다는군요."

진료 시간이 끝난 후, 평소처럼 하나가 오기를 기다리던 때였다. 유키가 갑자기 꺼낸 하나의 이야기에 아키는 깜짝 놀랐다.

"굉, 굉장, 하네."

그렇다면 부모는 물론이고 학교에서도 당연히 기대를 걸 만하다. 오히려 학원을 쉽게 허락해 준 레이코가 새삼 대단하다 싶었다.

바로 그때, 사쿠라이 호텔의 인터폰이 울렸다.

"양반은 못 되네요. 오늘은 모래놀이를 할 예정인데…. 아키 선생님, 데즈카 씨가 오실 때까지 같이 노실래요?"

"어…, 어? 괜찮아?"

"그럼요. 요즘엔 하나도 제법 안정을 찾았거든요. 선생님만 괜찮으시다면."

"응…!"

아키 일행이 밖으로 나가자, 하나는 아키에게 꾸벅 고개 숙여 인사했다. 확실히 표정은 많이 밝아진 듯했지만, 여전히 유키 아닌 사람에겐 조금 어색하게 굴었다.

마음이 들리는 동물병원　119

"저, 저기, 모래놀이를, 보고 있어도…."

"네, 네…!"

뚝딱거리는 둘의 대화에 유키는 작게 웃음을 터뜨렸다.

셋은 모래를 깐 케이스로 노이에를 옮겼다. 노이에가 기분 좋게 코끝으로 모래놀이를 시작하자, 하나는 조용히 입을 열었다.

"슬슬 노이에를 데리고 갈까 싶어요…. 언제까지고 이렇게 폐를 끼칠 수는 없는 노릇이니…."

"우린 계속 있어도 상관은 없지만…. 확실히 노이에 입장에선 집이 가장 편하겠죠. …아키 선생님, 어떨까요?"

"아…, 응. 한번, 살펴볼게."

아키는 정신없이 모래놀이를 하는 노이에에게 미안, 하고 사과하며 살며시 안아 든 다음 보드라운 배에 청진기를 대었다. 노이에는 크게 경계하는 기색 없이 "뀨" 하고 울었다.

이어서 털 상태와 피부, 발톱 등을 살펴보았지만 특별한 문제는 없었다. 아키는 노이에를 조심스레 모래 위에 내려놓았다.

"안정된, 상태예요. 오히려, 조금, 커졌네요."

"……."

"저기…."

하나가 가만히 자신을 쳐다보는 모습에, 아키는 조금 당황했다.

퍼뜩 정신이 들었는지, 하나는 고개를 굽신거렸다.

"죄송해요…. 멋지다, 싶어서…."

"네? …아, 아니, 딱히…!"

아키가 새빨개진 얼굴로 주춤주춤 뒷걸음질 치자, 하나도 덩달아 부끄러운 듯 고개를 푹 숙였다. 바로 그때였다.

"수의사라는 길도 한번 생각해 보면 어때요? 하나는 동물을 좋아하니까 잘 맞을 거예요."

"네…?"

하나는 유키를 쳐다보았다.

유난히 반짝이는 하나의 눈빛에 아키는 그만 시선을 빼앗겼다.

"오, 꽤 괜찮은 제안이었나 보네요."

유키는 하나의 솔직한 반응에 웃음을 터뜨렸다.

"저도, 좋다고, 생각해요!"

"수의사…."

"단, 수의사가 되려면 역시 열심히 공부해야 해요."

"……."

소녀가 작은 계기를 얻은 그 순간은 뜻밖에 아키의 마음을 울렸다.

고작 그것만으로 이렇게 달라질 수 있을까 싶을 만큼, 하나의 분위기가 밝아졌다.

그리고 바로 그때, 아키의 머릿속에 퍼뜩 과거의 기억이 스쳐 지나갔다.

'그럼, 열심히 공부해야겠구나.'

그건 어렸을 적, 큰 결단을 내렸을 때 할아버지가 해 준 말이었다.

유키의 말과 겹치듯 머릿속을 울렸다.

"뭐, 그렇다고 당장 결정할 필요도 없고 장래의 꿈이라는 건 환경에 따라 바뀌기도 하는 거니까요. 그러니까 너무 집착하지 말고 유연하게 생각해요."

잠시 멍하니 있던 아키는 유키의 말에 제정신을 차렸다. 그리고….

"네…!"

하나의, 지금껏 들은 적 없던 씩씩한 대답에 절로 미소가 지어졌다.

그때 사쿠라이 호텔 문을 열고 데즈카가 나타났다.

"역시 여기 계셨군요? 대기실에 안 계신 것 같길래."

"데즈, 카. …그럼 전, 강아지들 산책, 다녀올게요."

아키가 하나에게 꾸벅 인사를 건네자, 하나도 똑같이 고개를 숙였다.

산책하며 데즈카에게 조금 전 일을 들려주자, 데즈카는 기쁘다는 듯 웃었다.
 "뭐, 아키 선생님을 보면 수의사란 멋진 직업이라고 생각하게 돼요. 저도 그랬는걸요. 수의사가 될 걸 하는 생각을 몇 번이나 했는지 몰라요."
 "아, 아니…!"
 "이 일이 너무 좋아서 죽겠다는 모습을 보면, 진로를 고민하는 아이들은 적잖이 영향을 받을걸요? 그런 어른은 별로 없으니까."
 "그렇다면…, 기쁘겠, 어요."
 솔직하게 고개를 끄덕이는 아키의 모습에 데즈카는 미소를 지었다.
 당분간 노이에를 보지 못하게 되는 건 쓸쓸했지만, 눈을 빛내던 하나의 모습을 떠올리자 아키는 가슴이 벅차오르는 것을 느꼈다.

 그로부터 일주일 정도 지났을 무렵, 진료 시간이 끝난 후에 하나가 오랜만에 사쿠라이 호텔을 찾았다.
 처음 만났을 때의 주눅 든 분위기는 많이 사라지고 없었다. 유키가 반기자 하나는 환히 웃었다.
 "그럼 학원도 다시 다니는 거군요. 부모님도 분명 한숨 놓으셨을 거예요."

"그런데 이것저것 알아봤는데요…, 수의사가 되기란 생각보다 훨씬 더 어렵더라고요…. 수의학부 커트라인도 꽤 높았고요. 지금부터 열심히 해야겠다 싶었어요."

"좋은 마음가짐이에요. 그렇지만 힘들 땐 꼭 상의해 주세요. 여기 선배 명의도 계시니까."

"저…, 저는…!"

아키를 물끄러미 쳐다보던 하나는, 처음으로 아키를 보고 부드러운 미소를 지었다.

깜짝 놀란 아키는 그만 온몸이 굳어버렸다.

"저기…."

"엇, 아, 네!"

"유키 선생님이랑 아키 선생님은, 그…, 애인, 사이세요?"

"네, 네에?!"

너무나 당돌한 하나의 질문에 아키는 패닉에 빠졌다. 그러나 하나는 빤히 쳐다보며 대답을 기다리고 있었다. 아키는 간신히 고개를 좌우로 흔들었다.

"아, 아니, 에요! 유키는, 좋은, 간호사, 로…!"

"뭐야…, 그럼 역시 데즈카 씨였군요."

"네?!"

"아니에요. 절대 아닙니다."

아키보다 빨리 부정한 사람은 유키였다. 쩔쩔매는 아키의 모습에 하나는 재미있다는 듯 웃으며 묵직해 보이는 가방을 들고 자리에서 일어섰다.

"그럼…, 다음에 또 올게요. 이제 학원 가야 해서."

"그래요, 공부 열심히 해요."

"네. 열심히 안 하면 안 될 게 많아서 큰일이에요."

하나의 의미심장한 말에 유키는 조금 난감한 듯한 표정으로 웃었다.

아키는 의아해하며 그 모습을 한참 동안 바라보았다.

"노이에도 하나도 씩씩해져서 다행이네요."

"네! 열심히, 했으면, 좋겠어요!"

아키는 데즈카와 함께 산책 중이었다.

산책이라 해도, 강아지들은 이미 입양처가 정해져 메로만 데리고 걷는 가벼운 산책이었다.

"그건 그렇고, 주인이 스트레스를 받으면 애들은 저희 생각보다 더 많이 그걸 느끼나 봐요."

"맞아, 요. 그렇지만 그만큼, 행복한 순간도, 다 느끼는 것, 같아요."

데즈카는 고개를 끄덕이며 메로를 눈높이까지 안아 올렸다.

"하긴 메로는 정말 너무 행복해 보이니까요."

"맞아."

데즈카는 메로가 대답을 한 것도 모른 채 기쁜 미소를 지었다.

그 모습을 바라보던 아키는 흐뭇해졌다.

"리쿠도…, 행복했을 것, 같아요."

감정이 벅차오른 나머지 튀어나온 그 말에, 데즈카는 조금 놀란 듯 아키를 쳐다보며 수줍게 웃었다.

어느덧 가을도 중반에 접어들었다. 완전히 건조해진 공기가 선선한 바람이 되어 두 사람 사이를 스쳐 지나갔다.

그러나 데즈카가 보여주는 미소는 항상 눈이 부셨다.

마치 한여름의 해바라기 같다고, 아키는 그렇게 생각했다.

제3장
미니어처 말이 꿈꾼 가족

✚

"이, 이 무슨…, 이렇게, 귀여울, 수가…. 동그란 눈, 짧은, 다리, 복슬복슬한, 꼬리…, 으아아…, 이건, 폭력, 이에요…."

"저기…, 아키 선생님…?"

아키가 눈을 못 떼고 있는 것은 방금 데즈카가 막 알려준 동영상 SNS였다.

전 세계의 희귀동물 동영상을 마음껏 볼 수 있다는 말에 아키는 가벼운 마음으로 앱을 깔았다. 그리고 카테고리에서 동물이란 키워드로 검색하자마자 추천 라인업에 바로 뜬 미니어처 말 동영상에 마음을 빼앗기고 말았다.

미니어처 말이란 이름 그대로 크기가 작은 말이다. 원산지는 아르헨티나로, 비교적 작은 말끼리 교배해 인공적으로 만든 종(種)이라고 한다. 등까지의 높이를 체고(體高)라고 부르는데, 체고가 80cm 이하인 말이 이에 해당한다. 참고로 일반적인 말의 체고는 그 두 배쯤 된다.

똑똑하고 얌전한 데다가 넓은 땅이 필요하지도 않아 해외에서는 반려동물로서 인기를 얻고 있지만, 일본에선 아직 보기 드물다.

아키도 실제로 접한 적이 없는 터라, 동영상 속 사랑스러운 말의 모습에 곧바로 마음을 빼앗겼다.

"너무, 귀여워서…, 놀랐, 어요."

"말은 멋지다는 이미지가 강하지만, 작으면 역시 귀엽죠. 눈이나 귀 부분이 훨씬 커 보이기도 하고요."

"네…, 진짜…."

눈을 반짝이며 동영상에 빠져든 아키의 모습에 데즈카는 못 참겠다는 듯 웃음을 터뜨렸다. 그러고는 갑자기 아키에겐 폭탄 같은 발언을 내뱉었다.

"저기, 실은…, 저희 삼촌이 목장을 운영하고 계시는데, 거기 있어요. 미니어처 말이. 이름은 '소라'라고 해요."

"……헉!!"

아키가 파다닥 고개를 들자, 데즈카는 또다시 웃었다.

"혹시 괜찮으시면 보러 가실래요? 얼마 전에 숙모께서 다치시는 바람에 일손이 모자라서 어쩌면 도와드리러 가야 할 수도 있거든요."

"어…, 어엇…! 그, 그래도, 되나요…!"

"아하하, 결정 났네요."

아키는 기쁨에 겨운 나머지 말을 잃고 눈만 커다랗게 뜬 채 그대로 얼어버렸다.

가나가와현 북부에 위치한 사가미하라시.

데즈카의 삼촌이 운영하는 '사가미하라 밀크 목장'은 가장 가까운 역에서 버스로 15분, 거기서 다시 20분 정도 걸어가야 하는 거리에 있었다.

"원래는 작은 목장이라 젖소만 길렀는데 십 년 전에 체험형 목장으로 업종을 바꿨어요. 삼촌의 오랜 꿈이었대요. 그때부터 동물 종류도 늘어났고, 주말엔 승마 체험이나 아기 돼지 달리기 같은 이벤트도 많이 하고 있어요."

목장 근처 버스 정류장에서 목장으로 걸어가는 동안, 데즈카는 이런저런 설명을 해 주었다.

미니어처 말 이야기가 나온 날, 데즈카는 곧장 삼촌에게 연락해서 바로 그 주 일요일에 방문하기로 약속을 잡았다. 매번 그렇지만 데즈카는 정말 행동이 빠르다.

"동물, 이벤트, 라니…! 정말, 멋져요…!"

"아키 선생님, 집에 가기 싫어지실 수도 있어요."

아키는 한껏 격양된 마음을 진정시키며 광활한 자연을 가로지르는 외길을 따라 걸었다. 눈앞의 풍경은 상상보다 더 압도적이라, 기치죠지에서 두 시간도 채 걸리지 않는 곳이라는 사실이 믿기지 않을 정도였다.

덧붙이자면, 사가미하라 밀크 목장은 반려동물 동반도 가능하다고 해서 오늘은 메로도 함께였다. 지금은 아키의 등에 짊어진, 애용하는 캐리어 백 안에 얌전히 있었다.

얼마 지나지 않아 길 끝자락에 세워진 목장 간판을 보자마자, 절로 빠르게 걷는 아키의 모습에 데즈카는 웃었다.

도착한 시간은 아침 아홉 시 반, 영업시간 삼십 분 전이었다. 입구에 도착한 데즈카가 전화를 걸자마자 바로 푸근한 인상의 남자가 모습을 드러냈다.

대강 사십 대 중반 정도 되어 보였다. 작업복 차림에 모자를 눌러쓰고, 턱에는 수염이 좀 자라 있었으며 새카맣게 그을린 모습은 건장해 보였다. 아키는 이분이 데즈카의 삼촌일 거라 짐작했다.

"어서 오세요. 저는 데즈카의 삼촌인 다카아키입니다. … 얘, 수의사로 일하는 친구랑 같이 온다더니…"

다카아키는 아키의 모습을 보고 당황한 듯했다. 아키는 황급히 고개를 꾸벅 숙이며 인사했다.

"네, 네! 사쿠라이 동물병원의, 사쿠라이 아키, 입니다!"

"아이쿠…. 실례했습니다. 너무 귀여우셔서 학생인 줄…."
"아, 아뇨…, 무슨, 말씀을!"

사람들의 반응에 익숙한 아키는 고개를 도리도리 저었다. 다카아키는 부드럽게 웃으며 두 사람을 목장 안으로 안내했다.

"아키 씨, 라고 하셨죠. 오늘은 마음껏 즐기다 가셔요."
"감사, 합니다! 실례, 할게요!"
"데즈카. 지금은 영업 시작 전이라 좀 정신없으니까, 네가 아키 씨를 좀 안내해주렴."
"응. 고마워요, 삼촌."

입구를 통해 안으로 들어가자마자 데즈카는 곧바로 안쪽을 가리켰다.

"아키 선생님, 일단은 미니어처 말인 소라를 찾으러 바로 가보죠."
"네, 네…! 어? 근데, 찾는다니…."
"얌전해서 풀어놓고 키우거든요."
"네엣…?!"

아키의 눈이 바로 초롱초롱해지자 데즈카는 웃으며 고개를 끄덕였다. 그리고 아키의 캐리어 백에서 메로를 꺼내 목줄을 매었다.

"메로도 같이 찾아줄래?"

메로는 꽤 오랫동안 기지개를 켠 후, 데즈카를 올려다보며 "냐앙" 하고 울었다.

사가미하라 밀크 목장은 아키의 상상보다 훨씬 더 넓었다.

입구를 통과하자 오른쪽에는 소와 돼지, 닭 같은 동물들의 사육동이 안쪽까지 주르륵 늘어서 있었다.

그리고 왼쪽에는 유제품을 만들기 위한 작은 공장과 그곳에서 만든 제품을 판매하는 직판장이 있었다. 더 안쪽에는 삼촌 가족이 사는 집, 그리고 지금은 다쳐서 요양 중인 숙모 미와 씨가 관리하는 농장이 있다고 한다.

아키는 설레는 마음을 주체하지 못한 채 목장을 가로질러 쭉 뻗은 길에 접어들었다.

사육동과 공장 같은 건물들을 지나자, 안쪽은 전부 동물들의 방목지였다.

방목지는 울타리로 동물마다 구역을 나눠두었는데, 아키 일행이 옆을 지나가면 말과 염소와 양, 알파카와 타조까지 울타리 코앞까지 다가와 차례로 울어댔다.

"모두, 애정을, 듬뿍 받고, 있네요."

"그게 보이세요?"

"네. 수많은 동물을, 봐온, 덕분에요. 이 아이들은 모두, 무척, 편안한, 상태예요. 애정을 쏟았다는, 증거죠."

"그렇군요. …저희 삼촌 목장이 칭찬을 받으니 제 일처럼 기쁘네요."

 데즈카는 쑥스러운 듯 뺨을 긁다가 문득 발걸음을 멈추고 울타리 너머로 말의 콧잔등을 쓰다듬었다. 그 커다랗고 깊은 갈색 눈동자에 이끌리듯 아키도 가까이 다가가 말의 옆얼굴을 어루만졌다. 바로 그때였다.

 또닥, 또닥. 길 안쪽에서부터 들려오는 생소한 발소리에 아키는 퍼뜩 시선을 돌렸다. 이쪽으로 다가오는 무언가를 본 순간, 아키의 눈이 휘둥그레졌다.

 "어…, 우와아…!"

 그곳에는 꿈에 그리던 미니어처 말이 있었다. 아키가 동영상으로 봤던 것보다 훨씬 더 몸집이 작아 언뜻 개로 착각할 정도였다.

 베이지색의 부드러운 털과 목선을 타고 흐르는 듯한 아름답고 새하얀 갈기, 그러면서도 짤막하고 통통한 다리는 더할 나위 없이 사랑스러웠다.

 삽시간에 마음을 빼앗긴 아키는 그 자리에 무릎을 꿇고 앉아 두 팔을 벌렸다.

 "소, 소라, 맞지…?"

 소라는 아키 일행과 조금 거리를 두고 선 채 촉촉한 눈망울로 상황을 살폈다.

 "괜찮, 아. 이리 온…?"

아키가 재차 말을 건네자, 소라는 천천히 앞발을 움직이더니 아키의 코앞까지 다가와 손 냄새를 킁킁 맡았다.

너무나도 귀여운 모습에 충격을 억누르지 못한 아키는 소라가 경계를 풀자마자 두 손으로 목을 덥석 끌어안았다.

"으아, 아…!"

찰랑거리는 갈기가 아키의 볼에 닿자, 목장 내음이 폴폴 풍겨왔다.

"아키 선생님, 행복해 보이시네요."

데즈카의 말에 정신을 차린 아키는 그제야 소라를 놓아주었다. 그러자 이번엔 소라가 미소를 머금은 듯한 표정을 지으며 아키에게 다가와 몸을 부볐다.

"소라…!"

"대박…. 어떤 동물이든 아키 선생님껜 바로 마음을 터놓는군요…. 처음 만난 것 같지가 않아요."

"너무, 좋아요…!"

아키가 함박웃음을 지으며 데즈카를 쳐다보자, 소라도 같이 데즈카를 올려다보았다.

"좋아하시니 저도 좋네요."

"진짜, 너무, 고마워요…! 행복, 해요!"

아키의 말에 동조하듯 소라도 보드라운 꼬리를 살랑살랑 흔들었다.

"저, 저기, 소라. 평소엔, 뭘 하고, 노니…?"

점심 전, 삼촌의 호출에 데즈카는 아키에게 동물들과 놀고 있으라고 한 뒤 사육동으로 향했다. 그 틈을 타 말을 건네자, 소라의 눈동자가 살짝 흔들렸다.

"목소리, 가."

"응."

"들려."

"응, 들려. 난, 아키, 야."

"아키."

말은 매우 똑똑해서 아키에겐 비교적 소통이 쉬운 동물에 속했다. 대학생 때도 농장에서 기르던 말들과 자주 이야기를 나누곤 했다.

몸이 작아도 지능만큼은 똑같이 높은 모양이었다. 소라는 당황하기는커녕 오히려 흥미롭다는 듯 귀를 퍼덕였다.

"아키, 놀자."

"응…!"

소라는 유도하듯 메로의 몸을 코끝으로 쿡쿡 찌르며 목장 안쪽으로 들어갔다. 아키가 뒤를 따르자 소라는 돼지 목장 앞에서 걸음을 멈췄다.

그리고 울타리에 앞발을 걸치더니 푸르륵 하고 울었다.

그러자 안에서 수많은 돼지 무리가 다가오더니 울타리 너머로 요란하게 울어댔다.

"친구, 야?"

"동료."

"동료…?"

소라의 대답에 딱히 이상한 점은 없었다. 그러나 아주 잠깐, 소라의 눈동자가 어두워진 순간을 아키는 놓치지 않았다.

"소라…?"

이유가 궁금해진 아키는 몸을 숙이고 눈을 맞추었다. 그러나….

"아키 선생님!"

등 뒤에서 데즈카가 부르는 소리에 아키는 깜짝 놀랐다.

"데즈, 카…!"

"소라랑 같이 이런 데까지 와 계셨군요."

"네, 네…! 친구가, 돼서…."

"아하하, 친해져서 다행이네요. 그나저나 오후 이벤트 때 아기 돼지 달리기를 할 거래요. 평소엔 숙모가 담당하시는데, 지금 요양 중이시라 제가 좀 도와드리고…."

"저! 저도, 저도요!"

아기 돼지 달리기라는 말을 듣자마자 아키는 충동적으로 데즈카의 팔을 움켜잡았다.

데즈카의 눈이 휘둥그레졌다.

"저, 저기…, 아키 선생님…?"

"아, 안, 될까요…!"

"아뇨, 그게 아니라…. 그럼 감사하죠."

데즈카는 쓴웃음을 지으며 쑥스러운 듯 시선을 돌렸다. 아키는 그런 데즈카의 속내는 알아차리지 못한 채 팔을 붙든 손에 더욱 힘을 주었다.

"아기 돼지…, 귀엽, 죠…! 어디, 있나요…?"

"어…, 지금은 입구 쪽 사육동에 있어요. 달리기 때까지는 아직 시간이 좀 있으니 직원분께 말씀드리면 울타리 안에도 들여보내 주실 거예요."

"너, 너무, 멋져요…!"

그제야 아키가 손을 놓자 데즈카는 남몰래 안도의 한숨을 내쉬었다.

두 사람은 소라와 메로를 데리고 방목장을 돌아보았다.

점점 일반 손님들도 하나둘 눈에 띄기 시작했는데, 아이들은 소라를 보자마자 신이 난 듯 달려왔다. 소라는 아이들을 좋아하는지 쓰다듬어도 가만히 있었다.

"그보다 삼촌한테 들은 말인데, 요즘 소라가 가끔 이상하다네요."

"이상, 하다뇨…?"

양 목장을 지나며 데즈카는 말을 꺼냈다.

어떤 동물과도 친하게 잘 지낸다는 소라는 데즈카가 울타리 문을 열어주자 양 무리와 신나게 어울렸다. 그 흐뭇한 광경을 지켜보며 데즈카는 걱정스럽다는 듯 미간을 찌푸렸다.

"가끔 혼자서 외로운 듯 멍하니 있을 때가 있대요. 얼마 전까진 그런 적이 없었다는데 말이죠. 담당 수의사 선생님은 아무 문제 없다고 하시고, 삼촌 부부도 짐작 가는 일이 전혀 없으시다네요."

"멍하니…."

아키는 그 이야기를 듣자마자 조금 전 돼지들 앞에서 봤던 소라의 모습을 떠올렸다. 동료라고 소개할 때 얼굴에 드리웠던 그늘은 확실히 의미심장한 면이 있었다.

"늘 같이 지내는 삼촌밖에 모를 정도라고 하시니, 그냥 다 커서 얌전해진 걸지도 모르지만요."

"신경이, 쓰이네요…."

데즈카는 고개를 끄덕이며 양들과 놀고 있는 소라의 이름을 불렀다. 그리고 어느 틈엔가 준비해 둔 당근을 꺼내 흔들었다.

소라는 귀를 쫑긋거리더니 또닥또닥 귀여운 발소리를 내며 울타리까지 한달음에 달려왔다.

"아키 선생님이 주시겠어요?"

"네…!"

그리고 당근을 먹이며 아키는 소라의 눈을 들여다보았다.

"양들은, 친구, 야?"

소라는 잠시 움직임을 멈추고는 작게 울었다.

"동료."

눈동자 속에 또다시 희미한 그림자가 어른거렸다.

'동료…'

데즈카 앞에서 대화를 이어갈 수는 없었다.

그러나 아키는 역시 기분 탓이 아니라고 확신했다. 이유는 알 수 없었지만, 소라가 무언가 고민하고 있음은 명백했다.

당사자인 소라는 당근을 다 먹고는 다시 양 무리 속으로 돌아갔다. 그때, 등 뒤에서 갑자기 여자 사육사가 불쑥 나타났다.

"안녕하세요. 소라랑 많이 친해지셨네요."

아키는 깜짝 놀라 황급히 인사를 건넸다. 그곳에는 이십 대 후반쯤 되는, 햇볕에 그을린 탄탄한 피부의 여성이 서 있었다.

"아, 안녕, 하세요!"

"처음 뵙겠습니다. 동물들을 돌보는 토모미라고 해요. 데즈카의 사촌이랍니다."

"사쿠라이 아키, 입니다!"

"잘 부탁드려요. 그보다…, 친구라고 들었는데…. 제법이네? 이렇게 귀여운 분을."

"…하지 마, 그런 거 아니니까."

아키는 대화의 내용을 이해하지 못한 채 두 사람을 번갈아 쳐다보았다. 그러자 데즈카는 쓴웃음을 지었고, 토모미는 해맑게 웃음을 터뜨렸다. 토모미는 천천히 양 울타리 문을 열며 아키 일행을 향해 손짓했다.

"괜찮으시면 들어와 보실래요?"

"네?! 그, 그래도 되나요?!"

"양들은 얌전해서 괜찮아요. 옷을 잡아당길 수 있으니까 그것만 조심하세요."

신이 난 아키는 울타리 안에 들어가 양들을 향해 달려갔다.

파묻혀 있는 소라를 찾아내 다가가자, 소라는 만족스러운 듯 콧소리를 냈다.

"소라, 정말 사이가, 좋구나."

"맞아요. 소라는 가끔 보면 자기가 양인 줄 착각하고 있는 거 아닌가 싶을 정도로 잘 어울려 다녀요. 양들이 울기 시작하면 같이 울지 않나, 보고 있으면 재미있다니까요. 전엔 행방불명이 돼서 난리가 났는데 사육동 안에서 양들 틈에 섞여 같이 하룻밤을 보냈더라고요. 그것도 아주 기분 좋은 듯 쿨 쿨 자고 있었죠."

"귀, 귀엽, 네요…!"

"귀엽지만 정말 걱정했어요. …전 슬슬 다시 일하러 가볼 테니 자유롭게 둘러보세요. 지금은 방목장마다 사육사가 다 있을 거니까, 울타리 안에 들어가고 싶으시면 열어달라고 하시면 돼요."

"네…!"

그리고 아키는 양 울타리 밖으로 나왔다.

아키의 손짓에 따라 나온 소라는, 마치 안내하듯 앞서 걷다가 이번에는 알파카 방목장 앞에 멈춰 섰다.

사육사에게 부탁해 안으로 들어가자 소라는 다시 신이 난 듯, 알파카들 주위를 폴짝폴짝 뛰어다녔다.

메로는 커다란 알파카에 좀 놀랐는지 아키의 어깨 위로 허겁지겁 기어올랐다. 그런 메로의 모습에 데즈카는 웃음을 터뜨렸다.

"알고 계시겠지만 알파카는 놀라거나 경계할 때 침을 뱉으니까 조심하세요."

"괜찮, 아요! 침, 뱉어도."

"하하. 아키 선생님이라면 그렇게 말씀하실 것 같았어요."

알파카가 경계할 때 뱉는 침에는 위액이 섞여 있는데, 그 위액에서 강력한 악취가 난다는 설명은 방목장 앞 주의 사항에도 크게 적혀 있었다.

그러나 아키는 정면에서 태연하게 알파카의 양 볼을 만졌고, 알파카 역시 기분 좋은 듯 빙그레 미소를 지었다.

"…역시나네요. 제가 별 쓸데없는 걱정을."

가까이 있던 직원도 그 광경에 눈이 휘둥그레졌다.

아키는 알파카와 눈을 맞췄다. 마치 웃는 듯한 그 표정에 아키의 입꼬리도 괜스레 솟구쳐 올랐다.

소라는 그런 알파카 옆에서 마치 다음엔 자기를 만져달라는 듯 아키를 쳐다보고 있었다.

"소라, 알파카들이랑도, 친하구나."

"동료."

"…응?"

소라는 아키의 질문에 다시 동료라고 대답했다.

'다들, 동료…?'

소라는 돼지도 양도 알파카도, 모두 동료라고 했다. 그건 전혀 이상한 일이 아니었지만, 순간적으로 엿본 쓸쓸한 표정은 역시 신경이 쓰였다.

아키는 자세를 낮추고 소라의 머리를 살살 쓰다듬었다.

"무슨 일, 있니…?"

그러나 소라는 아무 말 없이 아키의 손가락 끝을 부드럽게 깨물었다.

"아키 선생님? 왜 그러세요?"

"어…, 아…, 아뇨, 소라가 좀, 쓸쓸해 보이는 것, 같아서요."

"어, 삼촌 말대로군요? 왜 그러지?"

"걱정, 되네요…."

불안해진 아키와는 달리 금세 씩씩해진 소라는 알파카 주위를 빙글빙글 돌았다. 잠시 후 직원이 다가와 소라의 등을 조심스레 쓰다듬었다.

"소라는 가끔 알파카들이랑 간식을 나눠 먹어요. 마치 형제처럼 사이가 좋지요."

"형제…."

형제라는 말에 아키는 문득 생각에 잠겼다.

양 우리에서 자고, 알파카랑 간식을 나눠 먹고, 다양한 동물들과 함께 지내며 마치 같은 종인 듯 구는 것 같다고.

그리고 그때 문득 어릴 때 읽은 동화책이 생각났다.

무대는 유럽 중부. 동물을 많이 키우는 집에서 자란 고양이가 닭이나 염소, 오리 등 다양한 동물들의 흉내를 내는 귀여운 이야기였다.

고양이는 닭이 되고 싶었으나 수탉들의 싸움을 본 후 마음이 식었고, 그다음엔 염소가 되고 싶었으나 우유를 짜내야 하는 게 싫어서 포기한 다음 오리가 되고 싶어 연못에 들어갔다가 물에 빠지고 만다.

작은 아기 고양이가 대모험을 하는 듯한 귀여운 모습 때문에 아키는 그 책을 무척 좋아했다.

소라의 행동에서는 어쩐지 그 동화책 속 고양이를 연상케 하는 짠함이 느껴졌다.

"아키 선생님?"

"아…, 죄송, 해요. 소라를 보고 있자니, 좋아하던 동화책 내용이, 생각나서요."

"동화요? 무슨 이야기인데요?"

데즈카의 말에 아키는 기억을 떠올리며 아기 고양이 이야기를 들려주었다. 그런데 아무리 해도 결말만큼은 생각나지 않았다.

"어라…, 그렇게, 좋아, 했는데…. 고양이가, 결국, 어떻게, 되었더라…."

"행복한 결말인가요?"

"그게…, 그랬던 것, 같은데…."

한참을 생각해 봤지만 결국 기억해 내지 못했다. 어렸을 때 동물이 나오는 이야기를 너무 많이 읽은 탓인지 다른 이야기의 결말과 뒤죽박죽으로 섞여 있었다.

"그보다 아키 선생님, 슬슬 아기 돼지 달리기 준비를 하러 갈까요?"

"아…, 네…!"

아키는 잠시 생각을 멈추고 알파카 목장을 나섰다.

아기 돼지 달리기 개최 장소는 목장 입구와 가까운 이벤트장이었다. 시작 한 시간 전이라 그런지 아직 한산했다. 아키는 먼저 아기 돼지 전용 사육동으로 안내받았다.

"우리 목장 애들은 어땠나요?"

다카아키가 미소로 두 사람을 맞이했다.

"다들, 너무, 착하고, 귀여워, 요…!"

"하하, 그거 다행이네요. 도와주실 일은 이십 분 전까지 아기 돼지들에게 이 번호표를 달아 주신 다음, 대기 공간으로 데려가 달리기 시작 직전에 게이트에 들어가도록 유도해 주시면 됩니다. 괜찮으실까요?"

"알겠, 습니다!"

아키가 대답하자 다카아키는 알록달록한 번호표 여덟 장을 건넸다.

"아기 돼지들은 의외로 날렵해서, 번호표 달 때마다 아주 진이 빠져요."

실제로 아기 돼지들은 팔팔하게 발밑에서 이리저리 뛰어다니고 있었다. 아키는 시험 삼아 한 마리를 끌어다가 번호표를 목에 씌웠다.

처음엔 날뛰던 아기 돼지들도 아키와 눈을 마주치기 무섭게 거짓말처럼 얌전해졌다.

"…이거 놀랐네. 무슨 마법사 같구나."

"대단하죠? 어떤 동물이든 아키 선생님은 바로바로 따르더라고요."

"기운찬 돼지는 감당이 안 되는데, 아키 선생님은 굉장한 능력을 갖고 계시는군요."

다카아키와 데즈카의 칭찬에 아키는 얼굴을 붉히며 고개를 푹 숙였다. 새빨개진 볼을 감추려 돼지들에게 열심히 번호표를 채우다 보니 순식간에 여덟 마리의 준비가 다 끝났다.

그 후, 아키는 사육동을 나와 이벤트장으로 향했다.

밖에 나와 문득 주위를 둘러보자 기다리던 소라의 모습이 어느새 사라지고 없었다.

"어, 어…? 소라…?"

당황한 아키가 멈춰 서자 다카아키는 웃었다.

"알파카나 말들한테 갔을 겁니다. 소라는 호기심이 왕성해서 금방 다른 곳으로 가곤 해요."

"그렇, 군요…"

아키는 조금 신경이 쓰였지만, 아기 돼지들이 발밑에서 날뛰는 모습에 정신을 차리고는 서둘러 이벤트장으로 걸음을 옮겼다.

장내는 이미 준비가 끝나 있었고, 정기적으로 나오는 안내방송 덕분인지 관객도 많이 모여 있었다. 아기 돼지들의 모습을 드러내자 곧바로 함성이 울려 퍼졌다.

아키가 아기 돼지들을 대기 공간으로 들여보내자, 관객들은 돼지들이 움직이는 모습을 보며 벌써부터 저마다 결과를 예상하기 시작했다.

달리기는 생각보다 훨씬 더 본격적이었다. 규모는 작았지만, 진행은 경마와 비슷했다. 일등과 이등을 동시에 맞추면 사가미하라 밀크 목장의 오리지널 굿즈를, 일등을 맞추면 목장에서 만든 소프트아이스크림을 경품으로 받을 수 있다고 한다.

"언니, 어떤 애가 이길 것 같아?"

출발선 쪽을 쳐다보던 아키에게, 관객석에 있던 한 여자아이가 갑자기 말을 건넸다.

"어…, 어……, 제일 씩씩한 친구는, 5번, 일까?"

"알았어!"

아이는 아무 의심 없이 종이에 5번을 적었다. 얼떨결에 대답해 버린 아키는 뒤늦게 무책임한 것 같다는 생각이 들어 안절부절못했으나 이미 때는 늦은 뒤였다.

그러는 사이 달리기 시간이 코앞으로 다가왔다. 아키는 데즈카와 함께 아기 돼지들을 게이트로 유도했다.

게이트가 닫히고 장내에는 넌지시 긴장감이 맴돌았다. 이윽고 출발 신호와 함께 게이트가 열리자 아기 돼지들이 일제히 달려 나갔다. 치열한 접전 끝에 먼저 결승 골을 통과한 것은 5번 돼지였다.

아키의 예상대로 적었던 소녀가 신이 난 듯 방방 뛰자, 마음이 놓인 아키는 미소를 지었다.

그러나.

"언니, 다음은?!"

"어, 어어…."

아키가 찍어준 아기 돼지가 우승하는 걸 본 아이들이 한꺼번에 우르르 몰려들었다.

너무 맞추기만 해도 안 되겠지, 하며 고민하고 있는데 마이크를 쥔 다카아키가 갑자기 아키를 가리켰다.

"오늘은 수의사이신 아키 선생님이 도와주셨답니다! 아키 선생님의 예상은 아주 잘 맞으니, 모두 참고해 보세요!"

"네…, 네엣…?!"

순식간에 사람들이 몰려들자 아키는 어쩔 줄 몰라 하면서도 다음 달리기를 기다리는 돼지들을 쳐다보았다.

"5번은 이미, 지쳤, 으니까…, 2번, 일까?"

"알겠어!"

아이들은 망설임 없이 2번을 적었다. 조금 떨어진 곳에서 데즈카가 당황해하는 아키를 보며 재밌다는 듯 웃고 있었다.


"오늘은 정말 분위기가 뜨거웠어요. 동물들도 말을 참 잘 들었고요. 진짜 우리 농장에서 일해주셨으면 싶을 정도네요."

"또, 또, 도와드리러, 올게요…!"

아기 돼지 달리기를 무사히 끝내고 풀려난 아키 일행은 다시 방목장으로 향했다. 사라진 소라가 영 마음에 걸려서였다. 데즈카가 준비한 당근을 들고 소라의 모습을 찾아다녔다.

"없네요. 전 바깥쪽 길을 찾아보고 올게요. 제일 안쪽에 있는 소 방목장에서 다시 뵙죠."

"네, 네…."

아키가 고개를 끄덕이자 데즈카는 잽싸게 바깥쪽 길로 향했다.

아키는 메로와 함께 중앙 길을 따라 곧장 걸어갔다.

"저기, 소라, 못, 봤니?"

길가의 말과 양들에게 슬며시 말을 건네자, 다들 하나같이 '조금 전까지 여기 있었다', '저쪽으로 갔다'고 알려주었다. 그러나 그 뒤를 쫓아가 봐도 정작 소라의 모습은 보이지 않았다.

"어디, 갔을까…."

발밑에서 걷는 메로에게 묻자, 메로는 커다란 눈으로 아키를 올려다보았다.

"저쪽."

"어?"

"소라, 냄새."

"진짜…?"

메로에게 생각지도 못한 정보를 얻은 아키는 그 말대로 목장 안쪽으로 향했다.

그러자, 바로 데즈카와 만나기로 약속한 소 방목장 앞에 찾아 헤매던 뒷모습이 있었다.

"소라…!"

아키가 안도하며 다가서자 소라는 힐끗 돌아보더니 꼬리를 한번 살랑 흔들었다.

그러나 얼굴에는 쓸쓸함이 어려 있었다.

아키는 소라의 옆에 나란히 섰다. 소라는 천천히 풀을 뜯는 소들을 물끄러미 쳐다보고 있었다.

"소들도, 동료, 야?"

아키는 소라의 갈기를 쓰다듬으며 물었다. 그러나 소라는 좀처럼 대답해 주지 않았다.

"소라…?"

이름을 부르자 소라의 눈이 불안한 듯 흔들렸다. 그리고….

"동료, 지만, 난 우유가, 안 나와."

"어…?"

그건 여태껏 했던 짧은 대답이 아닌, 놀랄 만큼 또렷한 어조였다.

상상 이상의 지능을 느낀 아키는 깜짝 놀라고 말았다.

"동료, 지만, 가족, 아니야."

"가족…."

그 순간, 아키는 어렴풋이 느꼈다.

지금까지는 소라가 말했던 '동료'라는 단어에서 마냥 밝은 느낌만을 받았는데, 그렇지 않을 수도 있다는 생각이 스쳐 지나갔다.

소라가 원한 것은 동료가 아니라, 가족이다.

"빨리 못 달리고, 곱슬곱슬한 털도, 안 자라. 알도, 못 낳아."

아마도 소라는 다른 말들이나 양, 알파카, 닭과 자신을 비교해 보고 가족— 즉, 같은 종이 아니라는 걸 깨달은 듯했다.

종류별로 돌봄을 받는 목장 안에서, 오로지 하나뿐인 자신의 존재에 의문을 느꼈는지도 모른다.

"난, 혼자, 일까?"

소라의 시선 끝에는 여럿이 모여 풀을 뜯는 소들이 있었다.

아키는 충동적으로 소라의 목을 두 팔로 꼬옥 끌어안았다.

솔직히 이 정도로 사고가 발달한 동물과 만난 것은 할아버지의 애묘였던 시스 이후 처음이었다. 가족과 동료의 차이점이나 자기와 다른 동물의 차이점 등을 입체적으로 바라보는 동물은 거의 없다고 봐도 좋을 정도로 몹시 드문 경우였다.

아무리 말이 머리가 좋다지만, 소라와의 대화는 마치 어린 아이를 상대하는 듯한 느낌마저 들었다.

그렇기에 더더욱, 아키는 애매한 말로 위로할 수 없었다.

"동료가, 가족보다, 못한 것, 같아?"

아키의 말뜻을 곱씹기라도 하듯, 소라의 커다란 눈동자가 흔들렸다.

"나도, 아빠, 엄마, 없어. 할아버지도, 오랫동안, 먼 곳에 가 계시고."

"아키도, 나랑, 똑같아?"

"응. …동료가 많다는, 점도, 똑같아."

"아키의, 동료?"

"응. 데즈카도, 있고, 유키도, 있고, 동물들도."

소라는 소들을 보던 시선을 거두었다.

그 눈에는 약간이지만 생기가 돌아와 있었다.

"그러니까, 괜찮지 않을까? 가족이랑, 동료는, 그렇게 다르지 않은 것, 같다고, 생각해."

거기까지 이야기하자 소라는 아키의 볼에 코를 부비더니 소 방목장 울타리를 가볍게 깨물었다.

"열어줘."

"응."

살살 문을 열자, 소라는 또닥또닥 귀여운 발소리를 내며 달려가더니 소들 가운데에 파묻혔다.

소들은 당연하다는 듯 소라를 받아들였다. 이내 소라는 아기 소들과 장난치며 놀기 시작했다.

그 풍경을 흐뭇하게 바라보고 있는데 등 뒤에서 문득 인기척이 들렸다.

"소라가 이런 데 있었군요?"

"데즈, 카…!"

데즈카는 안도의 한숨을 내쉬며 아키의 발밑에 있던 메로를 안아 올렸다. 메로는 기쁜 듯 "냐옹" 하고 울며 데즈카의 어깨 위에 올라갔다.

"아주 정답게 이야기를 나누시던데, 소라의 고민은 해결되었나요?"

"네…?! 봐, 봐, 봤…."

"네? 아…, 멀리서요."

"그…, 그, 그래요!"

순간 아키는 모두 다 들었나 싶어 아찔했지만, 고개를 젓는 데즈카의 모습에 안심하며 가슴을 쓸어내렸다.

그리고 울타리에 몸을 기댄 채 신이 난 소라의 모습을 바라보았다.

"동물들도, 여러모로, 고민이, 많네요."

"그야 감정이 있는 만큼 스트레스도 느끼겠죠. 아직 밝혀진 게 많지 않은 분야지만, 저는 그렇게 생각해요."

데즈카는 아키 옆에 나란히 서서 함께 소라를 쳐다보았다.

시야 한가득 펼쳐진 방목장은 바람이 불 때마다 풀 내음이 솔솔 풍겼다. 그 냄새를 맡고 있자니 마음의 벽이 절로 허물어지는 듯한 편안함이 몰려왔다.

"가족이, 없으면, 외로울 때도, 있어요. 하지만, 혈연이 아니더라도, 곁에 있어 주는 존재가, 훨씬 더… 대단한 것, 같아요."

"네?"

편안함에 자신도 모르게 머릿속 생각을 입 밖으로 내버린 아키를, 데즈카는 깜짝 놀라며 쳐다보았다.

아키도 그런 자기 모습에 놀랐지만, 입에선 말이 제멋대로 흘러나왔다.

"당연하지, 않은 만큼…, 대단한, 거예요. 분명."

잠시 침묵하던 데즈카는 갑자기 아주 조금, 아키 옆으로 다가왔다.

순간 어깨가 맞닿자, 아키는 데즈카를 올려다보았다.

"아키 선생님이 저에게 그래요."

"네…?"

눈앞에는 늘 아키를 편안하게 해 주는 따스한 미소가 있었다. 그러나, 그때는 이상하게도 편안함보다 심장이 먼저 부자연스럽게 뛰었다.

"그리고 메로도요."

"아…, 그렇다면, 너무, 기쁘고요."

아키는 왜 그렇게 심장이 뛰는지 이해하지 못한 채, 그냥 동료라는 말에 기뻐하며 고개를 끄덕였다. 그런 아키를 바라보며 데즈카는 그저 다정하게 미소를 지었다.

"저녁 먹고 가라는데…, 어떡하실래요?"

저녁 여섯 시 폐장 무렵, 소라를 데리고 다카아키가 있는 곳으로 돌아갔을 때였다.

다카아키의 호출에 잠시 이야기를 나누고 온 데즈카는 아키에게 삼촌의 말을 전했다.

"그, 그럴 수는…. 너무, 죄송해서."

"삼촌이 전철 시간이 괜찮다면 거절은 거절하시겠다는데요. 아기 돼지 달리기를 도와주신 데다가 소라까지 잘 돌봐줘서 너무 고맙다고."

"아, 아니, 그 정도는…."

"여기서 만든 치즈라든가, 숙모가 키운 채소로 만들어서 다 신선하고 맛있어요."

"엇, 괴, 굉장하네요…!"

"그렇죠? 그럼 먹고 가는 걸로!"

아키는 결국 다카아키 부부와 딸인 토모미가 둘러앉은 식탁에 끼게 되었다. 숙모인 미와가 밭에서 채소를 따고 있다는 말에 둘은 소라를 데리고 목장에 딸린 농장으로 향했다.

그곳에서 만난 미와는 토모미와 꼭 닮은 밝은 성격의 소유자로, 수확한 채소가 가득 담긴 바구니를 보여주었다.

"엄청, 큰 농장, 이네요…!"

"저희끼리 먹을 만큼만 하려고 했는데 이것저것 심다 보니 점점 커졌어요. 지금은 직판장에서 팔기도 해서 엄연한 업무가 되었답니다."

요양 중이라는 말이 거짓말 같은 정도로 미와는 건강해 보였지만, 다친 다리를 약간 절룩거리고 있었다.

"저기, 도와, 드릴게요…!"

"어머, 감사해라. 하지만 이제 거의 다 해서 괜찮아요. 자, 이제 가서 식사 준비를 할까요?"

아키는 채소가 든 바구니를 받아 들었다. 미와가 걸음을 옮기자 소라가 다가오더니 마치 곁을 지키듯 나란히 걷기 시작했다.

"오, 소라가 숙모를 부축하는데요?"

"맞아. 정말이지 영리하다니까."

소라는 미와의 속도에 발맞추듯 천천히 걸었다. 아키는 그 모습에 감탄하며 뒤를 쫓았다.

몇 분 정도 걸어 도착한 삼촌 부부의 집은, 온통 나무로 지어진 오두막집 느낌의 단층 주택이었다.

현관문은 일반적인 주택보다 더 넓었으며, 안에 들어가자마자 나오는 2, 3평 정도 되는 안마당은 바로 정원으로 나갈 수 있는 구조로 되어 있었고, 거실과는 미닫이문으로 이어져 있었다.

흔하지 않은 구조였지만 아키는 바로 그 이유를 알아차렸다.

"혹시, 이건, 소라를, 위해…."

"맞아요. 남편이 설계했어요. 집안에서 키울 수는 없는 노릇이지만 그렇다고 밖에 혼자 있으면 쓸쓸할 거라면서요."

"대, 대단, 하세요…!"

그건 소라만을 생각한 구조라 할 수 있었다. 안마당 구석에는 짚단이 푹신하게 깔려 있었고 간이로 수도 시설도 마련되어 있었다.

"이렇게 다 만들어놨는데, 소라는 늘 말이랑 돼지들 우리에 가서 자곤 해요. 자유롭게 풀어놓고는 있는데 역시 가족이 필요한 걸까요? 미니어처 말은 소라 하나뿐이라, 외로운가 싶더라고요."

"가족…."

아키는 아까 대화를 나누며 봤던 소라의 눈빛을 떠올렸다. 그리고 천천히 고개를 가로저었다.

"아마, 이제, 괜찮을, 거예요."

"네?"

아키의 단언에 미와는 고개를 갸웃거렸다.

아키가 웃으며 얼버무리자, 데즈카도 의미심장하게 웃었다. 소라는 마치 아키의 말에 동의하듯 작게 "히히힝" 하고 울었다.

그날의 저녁 식사는 무척이나 흥겨웠다.

다카아키, 미와, 토모미, 데즈카, 그리고 발밑에는 메로, 안마당에선 소라가 이쪽을 지켜보고 있었다.

눈앞에는 미와와 토모미가 정성껏 차린 요리가 즐비했고, 대화도 웃음소리도 끊이지 않았다. 순간 멍해진 아키의 얼굴을 데즈카가 걱정스럽게 들여다보았다.

"아키 선생님?"

"아…, 죄송, 해요…. 이렇게 화기애애한 식탁이, 너무, 오랜만이라."

아키의 대답에 토모미는 아키의 앞접시에 파스타를 수북하게 덜어놓았다.

"가끔은 괜찮죠? 좀 시끄럽긴 하지만."

"저, 전혀요! 고맙, 습니다!"

다시 생각해 보니 아키는 여럿이서 식사를 한 기억이 거의 없었다. 아버지가 돌아가시기 전까지는 아버지와 단둘이, 그

후로는 할아버지와. 지금은 거의 혼자지만 평일 점심은 유키와 함께 먹고 있고 몇 달 전부터는 메로도 함께였다. 그래서인지, 여태껏 외롭다고 느낀 적은 별로 없었다.

그래도 이렇게 대화가 오가는 북적북적한 식탁이 정말 즐겁게 느껴졌다.

그리고 사이좋은 부모 자식 간의 대화를 듣고 있자니 가족에 집착하는 소라의 마음도 알 것만 같았다. 소라를 바라보니 아키와 마찬가지로 눈을 반짝이며 사람들의 모습을 지켜보고 있었다.

'이런, 기분, 이었구나.'

"왜 그러세요?"

아키의 멍한 모습을 본 데즈카가 말을 건넸다.

아키는 황급히 고개를 저으며 미소로 화답했다.

"감사, 했습, 니다!"

"언제든지 또 놀러 오세요. 오늘 도와주셔서 정말 고마워요."

"네…! 꼬, 꼭!"

식사를 마친 후, 아키와 데즈카는 마지막 버스 시간이 가까워질 때까지 소라와 놀다가 아쉬움을 뚝뚝 흘리며 목장을 나섰다.

마음이 들리는 동물병원

다카아키는 자고 가라고 했지만, 사쿠라이 호텔을 밤새 내버려 둘 수는 없었다. 아키는 등 뒤 캐리어 백에 메로를 넣고서 데즈카와 함께 왔던 길을 되돌아갔다.

"어떠셨어요? 즐거우셨어요?"

"네, 네! 소라하고도, 만날 수 있어서…, 너무, 고마, 웠어요!"

"만족하셨다니 저도 좋네요. 그건 그렇고, 소라의 낌새가 영 이상하던 원인은 결국 알아내지 못했네요."

"아, 그, 그건…. 가족을, 동경해서, 였던 것 같은…."

데즈카의 의아하다는 시선을 느낀 순간, 아키는 얼굴의 핏기가 삭 가시는 것만 같았다.

혼자 보내는 시간이 많은 탓일까, 아키는 무언가를 숨기는 데 도무지 익숙해지지 않았다.

눈을 데굴데굴 굴리는 아키의 모습에 데즈카는 슬며시 장난스러운 표정을 지었다.

"공감, 뭐 그런 건가요?"

"네?"

"아키 선생님도 외로웠던 적이 있으세요?"

"아, 그게…."

다행히 대화가 평범하게 흘러가자 아키는 안도의 한숨을 내쉬었다.

그리고 천천히 고개를 가로저었다.

"어렸을 땐, 어쩌면, 외로웠을지도 모르, 지만…. 지금은, 많은 분들이, 옆에 있어, 줘서요."

"거기에 저도 포함되나요?"

"다, 당연, 하죠!"

아키가 세차게 고개를 끄덕이자 데즈카는 빙그레 미소 지었다. 그러고는 의미심장한 말을 내뱉었다.

"가족이 가장 연이 깊다고는 단언할 수 없어요."

그것은 소 방목장에서 아키가 소라에게 들려주었던 것과 같은 말이었다. 그런데 데즈카가 이야기하자 이상하게도 쓸쓸하게 들렸다.

아키가 고개를 갸웃거리자 데즈카는 천천히 고개를 저었다.

데즈카는 별말 없이 묵묵히 걸음을 옮겼다. 굳이 더 캐묻지 말아야겠다고 생각한 아키는 작은 의문을 품은 채 곁을 따라 걸었다.

"뭐, 어쨌든 친구가 있으면 충분해요."

"맞아요. 친구가, 있으면…."

그 순간, 낮에는 아무리 애써도 떠오르지 않았던 동화책의 마지막 부분이 문뜩 기억났다.

'그, 고양이는…'

머릿속에 아기 고양이의 표정이 차례차례 떠올랐다.

이 동물, 저 동물 흉내를 내던 고양이는 오리 흉내를 내다가 연못에 빠져 감기에 걸려 드러눕고 말았다.

그런 고양이 곁에는 눈물을 흘리며 고양이를 걱정하는 할머니가 있었다. 또한, 고양이가 가족이 되고 싶어 했던 염소와 오리들이 줄지어 병문안을 왔다.

그리고 고양이는 모두의 걱정과 사랑 속에서 자신이 얼마나 행복한 고양인지를 실감하고, 이야기는 행복한 결말을 맞이한다.

"고양이, 에게도…, 많은, 친구가 있었어요."

"네?"

"동화책, 이요. 생각, 났어요. 아기 고양이는, 염소와 오리의 가족이, 되고, 싶어 했어요. 하지만…, 결국, 가족이 되지 못했지만, 마지막엔, 나는 그냥 나라서 좋다고, 생각하게, 돼요."

"친구가 있어서요?"

"네, 많이. 마치, 소라 같다…고, 생각, 했어요."

"듣고 보니 그렇네요. …그럼, 소라도 틀림없이 행복하겠어요."

"제 생각도, 그래요."

아키가 웃자, 데즈카는 고개를 끄덕였다.

아키는 속으로 수많은 동물과 어울리는 소라의 모습을 떠올렸다.

"데즈카, 이거예요!"

그다음 주 일요일. 아키는 데즈카의 권유에 메로를 데리고 이노가시라 공원을 찾았다.

손에 든 것은 인터넷으로 다시 산 고양이 동화책이었다.

펼친 페이지에는 감기가 다 나은 아기 고양이가 할머니와 수많은 동물 친구들에게 둘러싸여 축하받는 장면이 있었다.

어렸을 적 아키가 가장 좋아했던 장면이었다. 데즈카에게 보여주자 그는 작게 푸흡 하고 웃었다.

"이거 완전히 아키 선생님 같네요."

"네…? 이, 고양이, 가요…?"

"네. 딱 이런 느낌이에요."

아키는 다시 그림책을 들여다보며 데즈카의 말을 머릿속으로 계속해서 곱씹었다.

그리고 생생하게 그려진 동물들의 표정을 보며, 정말 그랬으면 좋겠다고 생각했다.

"꿈, 이에요. 데즈카네 삼촌분처럼, 수많은 동물과, 함께, 사는 게…. 채소 같은 것도, 키우고."

"아키 선생님답네요. …저도 끼고 싶을 정도예요."

"좋아, 요!"

"네…?"

아키가 선뜻 수락하자 데즈카는 동요를 감추지 못했다.

그러나 아키는 그런 데즈카의 모습에 아랑곳하지 않고 해맑게 이야기를 이어 나갔다.

"보호 동물, 들도, 당연히 메로도, …그리고, 미니어처 말도…."

"하하! 엄청 마음에 드셨군요?"

"네. 그리고 데즈카랑…, 리쿠, 도요."

"……."

데즈카는 놀란 표정으로 아키를 쳐다보았다.

"데즈, 카?"

"아뇨. 너무 행복한 꿈이구나 싶어서요."

"이루어지도록, 노력해, 봐요."

"아주 좋습니다."

점점 커져만 가는 꿈을 머릿속에 그리다 보니 메로를 끌어안은 팔에 저절로 힘이 들어갔다.

메로는 몸을 비틀며 아키의 품에서 빠져나와 훌쩍 어깨 위로 올라앉았다.

아키는 조용히 한숨을 내쉬고는 툭 한마디 내뱉었다.

"그건 그렇고…, 화기애애한 식탁, 아주, 좋았어요."

"네?"

"저도, 그런 공간을, 만들고 싶다, 는 생각이…, 처음으로, 들었어요."

"아키 선생님…."

"대가족은, 어렵겠지만, …친구라면, 분명 더 많이 사귈 수 있을, 테니까요."

자조적인 의미로 한 말은 아니었다. 소라에게도 말했듯이 친구든 가족이든, 본질은 같다고 여겼으니까.

그때 데즈카가 갑자기 입을 열었다.

"대가족도 그렇게 어렵진 않을 것 같은데요."

"네…?"

"미래는 어떻게 될지 아무도 모르니까요. 예를 들면, 제가…."

"데즈카, 가…?"

데즈카가 말을 하다 멈추자, 아키는 고개를 갸우뚱거렸다.

예상대로의 반응에 웃으며, 데즈카는 아키의 어깨에 있던 메로를 안아 들었다.

"참, 앞길이 험난한 사람은 저네요…."

"저기…."

"아무것도 아니에요. 친구, 많이 늘려가죠."

"네, 네…!"

저녁 무렵, 공원을 스치는 바람은 서늘했다.

가을빛으로 물들기 시작한 나무들을 바라보던 아키는, 다시 한번 자신의 미래를 그리며 조용한 행복에 잠겼다.

제4장
# 공원에 남은 리쿠의 흔적

가을도 중반에 접어든 10월의 어느 날.

아침에 평소대로 출근한 유키를 보고 아키는 고개를 갸웃거렸다. 항상 겉으로 감정을 드러내지 않는 유키의 얼굴에서 약간의 피로감이 느껴졌기 때문이었다.

"유, 유키…?"

아키가 말을 건네자, 호텔 동물들의 먹이를 준비하던 유키는 자길 왜 부르는 건지 모르겠다는 표정으로 아키를 쳐다보았다.

참고로 현재 사쿠라이 호텔에 있는 동물들은 입원 중인 개와 고양이가 각각 한 마리, 그리고 보호 중인 아기 고양이 삼형제로 비교적 적은 편이었다.

"저기…, 어디, 아파?"

"아뇨, 딱히. 왜 그러세요?"

"어쩐지…, 조금, 안색이 나빠 보이는 게, 피곤한가, 싶어서."

"피곤……? …아."

잠시 생각하던 유키는 무언가 짚이는 게 있는지 속눈썹을 실룩였다. 그리고 아기 고양이들에게 밥을 주며 작게 한숨을 내쉬었다.

"어제 종일 지인 집에서 강아지들이랑 놀았거든요. 딱히 피곤하진 않은데 티가 났다면 죄송합니다."

"아, 아니야…! 괜찮으면, 됐어. 그보다, 강아지…?"

"네."

강아지란 말에 눈을 반짝이는 아키의 모습에 유키는 옅은 미소를 지었다. 그리고 고양이들 밥을 다 준 후, 대기실의 컴퓨터를 켜고 일할 준비를 마친 다음 소파에 앉았다.

발밑에는 같이 출근한 인도별거북이 치요가 척 버티고 앉아 있었다. 메로는 기다렸다는 듯 유키의 등으로 달려들었다.

아키는 유키 옆에 나란히 앉아 더 얘기해 보라고 채근하는 듯한 시선을 보냈다.

"동물을 아주 좋아하는 지인이 있거든요. 이노가시라 공원 지척에 있는 커다란 저택에서 홀로 사는 여자분인데…, 최근에 그 집에서 키우던 골든 리트리버가 새끼를 낳았어요. 물론 계획적으로 이루어진 출산이라 아무 문제는 없었어요. 다만 도와주시던 분이 갑자기 입원하는 바람에 어제는 강아지들을 좀 돌봐달라고 부탁하시더군요."

"그렇, 구나…."

유키의 이야기에 따르면, 그 지인의 집에는 넓은 정원이 있어 골든 리트리버 말고도 동물이 많이 있다고 한다.

동물을 너무 좋아한 나머지 몇 해 전부터는 유기견과 유기묘를 거둬들이다 보니 수가 점점 늘어나, 아이들을 잘 돌보기 위해 도우미까지 고용하게 됐다고 한다.

그러나 바로 그 도우미가 하필이면 강아지가 태어난 타이밍에 입원해 버리는 바람에 유키에게 조언을 구했다…는 것이 이 일의 경위였다.

"그럼, 한동안…, 도와드리는 거야?"

"네. 당분간은 집에 가는 길에 들러서 상황을 살펴보기로 했어요. 뭐, 정작 당사자는 이 작은 해프닝을 즐기고 계시지만요. 일도 다 내팽개치고 온 힘을 다해 돌보고 계시거든요."

"멋진, 분, 이네."

"네, 무척이나."

아키는 수많은 동물과 함께 산다는 말 하나에, 유키의 지인에게 흥미가 생겼다. 만난 적은 없지만 유키와 친하게 지내는 사이라면 분명 멋진 사람일 거라고 생각했다.

괜스레 안절부절못하고 있자, 유키는 그런 아키의 속내를 꿰뚫어 본 듯 눈을 맞췄다.

"아키 선생님. 혹시 그 지인 집에 가보고 싶다는 생각 중이신가요?"

"엇…! 어, 어떻게…."

마음속에 스멀스멀 피어오르던 소망을 말로 꺼내기도 전에 들키자 아키는 깜짝 놀랐다.

"동물이 많다는 소리를 선생님이 그냥 넘겨들으실 리가 없으니까요."

"어…, 그, 그건, 당연… 만나 보고, 싶긴, 한데. 아, 아무리 그래도, 부탁해달라고, 하긴, 좀…."

"그게 마침 우연히도, 동물들의 담당 수의사를 찾고 계신 모양이에요."

"뭣!"

"지금 담당 수의사 선생님이 연세 때문에 퇴직을 고려 중이시래요. 처음부터 아키 선생님을 소개받고 싶었다고 하셨어요."

"꼬, 꼬…."

"꼭 그래 달라는 말씀이죠? 알겠습니다. 감사드려요."

너무 기쁜 나머지 말도 제대로 못 하는 아키의 마음을 단박에 살핀 유키는 감사 인사를 건넨 다음 스마트폰의 달력

앱을 켰다.

"오늘 바로 그분께 연락할게요. 별다른 문제가 없다면 내일 진료 끝나고 같이 찾아뵙죠."

"그렇게, 바로, 가도, 돼…?"

"네. 참고로 전 항상 곤충부터 동물, 식물까지 제가 키우는 다양한 생물들을 데리고 가니까 메로도 OK예요."

"정말…?!"

아키의 눈이 반짝거렸다. 다만, 그때 문득 머릿속에 떠오른 얼굴이 있었다.

'데즈카, 도…, 가면 안 되겠냐는, 부탁은, 못 하겠지…'

데즈카는 사쿠라이 호텔에 산책시켜야 할 동물이 없는 요즘도 매일같이 출석 도장을 찍고 있었다.

데즈카의 애견이 골든 리트리버이기도 했기에, 같이 가면 좋아할 것 같긴 했지만 유키에게 데즈카도 데려가고 싶다는 말은 도저히 꺼낼 수 없었다.

오늘 진료가 끝난 후 데즈카가 오면, 내일 진료 후엔 아무도 없을 거라고 귀띔해 두어야겠다고 생각하며 아키는 어깨를 떨구었다. 그런데—.

"다양한 생물들을 데리고 갈 수 있는 만큼, 사람도 괜찮지 않을까 싶은데요."

유키는 살짝 불퉁한 표정을 지으며 슬쩍 중얼거렸다.

"엇…! 그, 그, 그 말은…."

"데즈카 씨도 괜찮지 않겠냐는 말입니다."

"저, 정, 정말로…?"

"아니…. 그분도 살아있는 생물이잖아요."

"그래, 새, 생, 생물이지…!"

남이 보기엔 영문 모를 대화였지만, 아키는 필사적이었다. 유키는 그런 아키를 보고 빙긋 미소 지었다.

"단, 일손은 빌릴 겁니다. 남자는 손님 대접 안 해요."

"웅…! 고마, 워!"

"…솔직히 말하자면, 안 그래도 저 혼자선 다 돌보기 벅찬 숫자라 같이 가자고 하려고 했어요."

신난 아키는 저녁이면 볼 수 있음에도 곧바로 스마트폰을 꺼내 데즈카에게 이 사실을 알렸다.

아키의 예상대로 데즈카는 곧장 답을 보냈다. 거기엔 꼭 가고 싶다는 내용이 적혀 있었다.

그리고 다음 날.

진료가 끝나기 무섭게 병원을 나선 세 사람과 메로는 이노가시라 공원 쪽을 향해 출발했다.

유키의 말로는, 지인의 집은 미타카시에 있어서 사쿠라이 병원에선 이노가시라 공원을 가로지르는 게 가깝다고 한다.

참고로 이노가시라 공원은 기치죠지가 있는 무사시노시와 미타카시 경계에 있었다.

"기대, 돼요!"

아키는 두근거리는 마음을 감추지 못한 채, 옆에서 걷는 데즈카를 올려다보았다. 그러자 데즈카는 메로를 안은 채 의미심장하게 웃었다.

"동물들도 기대되지만, 비밀이 많은 유키 씨의 지인이라니 흥미가 샘솟는데요? 뭔가를 밝혀낼 수 있을 것 같은 두근거림이라고 해야 하나."

"비, 비밀…? 두근거림…?"

데즈카는 여느 때보다 더 소년 같은 표정을 짓고 있었다.

물론 아키도 그 마음을 전혀 이해 못 하는 건 아니었다.

유키는 데즈카 말대로 비밀스러운 부분이 많았다. 오랫동안 보아 온 아키도 과거에 대해서는 물론 가족 관계도, 어쩌다가 동물 간호사가 되었는지조차도 아직 모른다.

결코 관심이 없어서가 아니었다. 유키를 진심으로 존경하지만 지금껏 사람과 깊이 교류해 본 적이 없던 아키는 어디까지 물어봐도 되는지 아닌지를 제대로 판단할 수 없었고, 물어봐야겠다는 발상 자체도 없었다.

그때, 둘의 대화를 듣던 유키가 작게 한숨을 내쉬었다.

"딱히 의식적으로 숨긴 건 아무것도 없습니다. 그래서 비밀이 많다는 소리는 좀 의외네요. 그냥 굳이 말할 만큼 제 생활이 재미있지 않을 뿐이에요. 아주 평범하게 지내거든요."

"뭐…. 평범의 기준은 사람마다 다르니까요. 그치만 평범한 집에는 동물용 수영장 같은 건 없지 않을까 싶은데 말이죠."

"그렇군요. 그런 것도 비밀스러운 것에 포함된다면 확실히 더 있을지도 모르겠네요."

담담히 읊조리는 유키의 모습에 데즈카는 쓴웃음을 지었다. 아키도 그 모습을 지켜보며 웃음을 터뜨렸다.

생각해 보니, 데즈카와 유키가 함께 행동하는 건 이번이 처음이었다. 둘의 캐릭터가 아예 다르다는 사실은 아키도 잘 알고 있었지만, 어찌저찌 대화는 계속 이어지는 모습에 생각보다 둘이 잘 맞을지도 모르겠다는 생각이 살짝 들었다.

바로 그때, 갑자기 유키가 걸음을 멈추었다.

"거의 다 왔는데… 죄송하지만 잠시만요."

그곳은 작은 꽃집 앞이었다. 유키는 어리둥절해하는 일행에게 양해를 구한 다음, 가게 안으로 들어갔다.

"꽃…을, 사는, 걸까요?"

"역시 비밀이 많은 사람이네요, 유키 씨."

이내 꽃집에서 나온 유키의 손에는 손잡이 달린 바구니에 든 카틀레야 화분이 들려 있었다.

아키가 멍하니 쳐다보자, 유키는 화분을 눈높이까지 들어

올리며 말했다.

"선물이에요. 찾아뵐 때는 곤충이나 동물, 식물 같은 생물들을 데리고 가기로 했거든요. 오늘은 제가 데려온 애가 없어서 대신 꽃을 샀습니다."

"꽃도, 좋아, 하셔?"

"물론이죠. 살아 있는 거라면 뭐든 좋아하세요."

"꽃이 참, 예쁘다."

유키는 만족스러운 듯 눈웃음을 짓곤 다시 걸음을 옮기기 시작했다.

"…지인이 여자분인 걸까요?"

"네?… 왜, 왜요?"

"왜라뇨…. 남자가 남자한테 꽃을 주는 경우는 드무니까."

"앗…, 그럴지도, 모르,겠네요."

"점점 더 흥미가 생기는데요."

아키와 데즈카는 속닥거리며 유키의 뒤를 따라갔다. 그러다 보니 어느덧 정면에 커다란 저택이 모습을 드러냈다.

유키에게 들은 말로 미루어 봐서 엄청난 호화 저택일 것이라고 어느 정도 예상은 했지만, 실물은 훨씬 더 웅장했다.

유키가 인터폰을 누르자 대답도 없이 문이 저절로 열렸다.

안에는 마치 프랑스 성 같은 느낌의 정원이 펼쳐져 있었다. 정면에 세워진 서양식 건물로 가는 길 양쪽에는 단정하게 다듬어진 정원수가 좌우대칭을 이루며 서 있었다.

아키와 데즈카는 그 모습에 압도당한 채 건물로 향했다.

현관 앞에 도착하자 유키는 아무 주저 없이 문을 열었다. 그러고는 바로 현관에 들어서더니, 망설이는 아키 일행에게 어서 들어오라고 재촉했다.

물론 허락은 받았겠지만, 아무리 그렇다 해도 유키는 마치 제집처럼 익숙하게 굴었다.

아키는 유키와 집주인 사이에 상당한 신뢰가 쌓여 있는 것 같다고 생각했다.

유키는 현관에서 왼쪽으로 쭉 뻗은 복도를 따라 끝에 있는 방 앞까지 가더니 "쇼코 씨" 하고 이름을 부르며 방문을 열었다.

아키가 뒤에서 살짝 들여다보자, 문득 부드러운 바람이 스며들었다.

그곳은 얼핏 보기엔 소파가 놓인 평범한 거실 같았지만, 바깥과 면한 벽이 활짝 열린 채, 그대로 테라스와 연결되어 있었다. 테라스 너머로 잔디가 쫙 깔린 널따란 정원이 보였다.

"우와, 아…!"

아키가 저도 모르게 탄성을 내뱉자, 방 안쪽에서 웃음소리가 들려왔다.

깜짝 놀라 웃음소리가 들린 쪽으로 고개를 돌리니 소파에 품위 있게 앉아 있는 여성이 보였다.

그 모습은 무척이나 아름다워서 예술 작품 같은 소파와 자연스레 어우러져 보였다. 아니, 오히려 사람 자체가 예술품 같은 존재감을 뽐내고 있었다.

나이는 예순이 조금 안 돼 보였다. 애써 젊게 꾸미지 않은 반쯤 백발이 성성한 모습 그대로 차분하게 앉아 있었다.

"어서 와요, 유키."

"실례합니다."

유키가 꾸벅 인사를 건네자, 쇼코는 자리에서 일어나 아키 일행에게 다가왔다. 키가 크고 늘씬한 쇼코의 모습을 아키는 멍하니 바라보았다.

"이쪽이 수의사이신 아키 선생님이세요. 그리고 아키 선생님의 친구인 데즈카 씨."

'친구'를 특히 강조했음을 눈치챈 사람은 데즈카와 쇼코 뿐이었다. 쇼코는 웃으며 아키와 데즈카에게 차례로 손을 내밀었다.

"후지와라 쇼코입니다. 잘 부탁드려요. 저도 아키 선생님이라고 불러도 될까요?"

"아…, 네, 네…! 물론, 이죠!"

겨우 제정신을 차린 아키가 고개를 숙이자, 쇼코는 환하게 웃어 보였다.

솔직히, 쇼코의 모습은 동물을 너무 좋아해 유기견까지 데려다 키우고 있다는 말을 들었을 때 상상한 분위기와는 사뭇 달랐다.

 그러나 꾸밈없는 미소를 보고 있자니 왜 동물들이 이 사람을 좋아하는지는 금세 알 수 있었다.

 이어서 인사를 건넨 데즈카는 바로 개 이야기를 꺼냈다.

 "저기, 강아지들은 어디 있나요?"

 "지금은 밖에서 놀고 있답니다. 이쪽이에요."

 쇼코는 그렇게 말하고는 널따란 입구를 통해 테라스로 나가 정원을 둘러보았다. 그리고 몇 번인가 손짓하자, 멀리서 발소리가 다가오기 시작했다.

 잔디밭을 달리는 강아지들의 발소리임을 알아챈 아키는 충동적으로 테라스로 나갔다.

 그러자 마치 공원처럼 넓은 정원 저쪽에서 두 마리의 골든 리트리버와 함께 두 마리의 믹스견이 달려왔다.

 "우와앗…, 귀여, 워라…!"

 "리트리버는 사쿠라랑 무쿠예요. 믹스는 카에데랑 나츠메."

 네 마리는 테라스 위로 올라와 쇼코 앞에 얌전히 앉았다.

 아키와 데즈카는 참지 못하고 달려가 목덜미를 쓰다듬었다.

 "아, 그러고 보니, 새끼 강아지들은…"

"저쪽이요."

쇼코가 내민 손가락 끝을 쳐다보자, 네 마리의 작은 새끼 강아지들이 짤막한 다리로 열심히 뛰어오는 모습이 보였다.

"귀, 귀, 귀엽…."

말을 잃은 아키 옆에서 데즈카가 웃음을 터뜨렸다.

"저기 있는 정원용 슬리퍼를 신으셔도 된답니다."

당장이라도 뛰쳐나가고 싶은 마음을 읽은 듯한 쇼코의 말에, 아키와 데즈카는 슬리퍼로 갈아신고 정원으로 통하는 계단을 내려갔다.

그리고 뒤뚱뒤뚱 구르듯이 달려오는 강아지들 앞에 무릎을 꿇고 앉자, 강아지들은 신난다는 듯 주위를 뱅뱅 돌았다.

"우와… 미치겠네요…."

아키보다 먼저 말을 내뱉은 사람은 데즈카였다.

데즈카는 그립다는 듯한 미소를 지으며 폭신폭신한 강아지들에게 얼굴을 부벼댔다.

리쿠가 강아지였던 때를 떠올리나 보다, 그렇게 생각한 아키는 그 광경을 흐뭇하게 지켜보았다.


강아지들과 실컷 놀고 난 후, 유키는 익숙한 동작으로 모두에게 고급스러운 향이 맴도는 홍차를 따라주었다.

"기본적으로, 강아지들은 정원에서 놀아주면 돼서 크게 손

갈 일은 없는데… 역시 혼자선 구석구석 살피지 못할 때가 많다는 걸 실감했답니다. 다른 동물도 많고요."

넷이 한숨 돌리던 바로 그때, 쇼코가 입을 열었다.

맹랑하게도 쇼코의 무릎 위에 올라간 메로는 쓰다듬어 주는 손길이 만족스러운 듯 그르릉거렸다.

"도우미분은 앞으로 일주일쯤 있다 퇴원할 예정이에요. 하지만 한동안은 몸을 좀 추슬러야 하니까 한 달 정도는 혼자 어떻게든 해보려고 했답니다. 유키가 도와주니까 어떻게든 되지 않을까, 싶었지요."

"저, 저도, 괜찮으시다면…!"

"물론 저도 돕겠습니다!"

적극적으로 호소하는 아키와 데즈카의 모습에 쇼코는 기쁜 표정을 지으며 고개를 끄덕였다.

"두 분도 동물 엄청 좋아하죠? 저희 집에는 고양이뿐 아니라 다른 동물도 많으니 괜찮으시면 안내해 드릴까요?"

"네엣…? 꼬, 꼭, 꼭 좀!"

아키가 눈을 크게 뜨며 대답하자 쇼코는 고개를 끄덕이며 메로를 안은 채 자리에서 일어났다.

"고양이가 여섯 마리 있는데, 집 어디서 쉬고 있는지는 몰라요. 안내하며 찾아보죠."

마치 탐험 같다는 생각에 아키는 한없이 들떴다.

재빨리 자리에서 일어나자 유키와 데즈카도 그 뒤를 따랐다.

쇼코가 안내해 준 저택은 상상을 아득히 뛰어넘는 넓이였다. 수없이 많은 방마다 고양이가 자유로이 드나들 수 있는 작은 출입문이 달려 있었다.

차례대로 방문을 열며 돌아보자, 장식장 위나 소파 밑 같은 다양한 곳에서 뒹굴고 있는 고양이를 볼 수 있었다.

"이렇게 넓으면 어디 있는지 못 찾을 때도 있지 않나요?"

"애들이 좋아하는 곳은 거의 다 알고 있어서 괜찮답니다. 가끔 아무리 찾아도 안 보일 때가 있는데, 그래도 밥때가 되면 나오니까 하루에 두 번은 확인할 수 있어요."

"우와, 어쩐지 재미있네요."

데즈카가 감탄하자 쇼코는 씨익 웃었다.

그리고 2층으로 올라가 마지막 고양이를 찾은 다음, 쇼코는 어느 방 앞에서 걸음을 멈췄다.

"이 방에선 투구벌레를 키우고 있답니다. 아키 선생님, 곤충은 괜찮으신가요? 혹시 안 좋아하신다거나?"

"아뇨…! 꼭, 보고, 싶어요!"

아키가 대답하자, 쇼코는 어두컴컴한 방으로 일행을 안내했다.

안에는 여러 개의 투명 케이스가 놓여 있었는데, 성충과 유충을 서로 분류해 둔 것 같았다.

"여름에 알을 낳아 부화한 다음엔 두 번 탈피하고 겨울을 나는데요, 보통 지금 시기쯤엔 탈피를 다 끝내서 유충도 제법 커요. 싫지 않다면 보여드릴게요."

아키가 고개를 끄덕이자 쇼코는 한 케이스에서 하얀 유충을 꺼내 보여주었다.

크고 동글동글한 유충은 미동도 없이 쇼코의 손바닥 위에서 가만히 있었다.

"아무래도 크기가 크다 보니 여성분들은 많이 꺼리시더라고요. 키워보면 귀여운데⋯. 도우미분도 유충만은 영 힘들어하셔서 이 아이는 제가 돌보고 있답니다."

"귀여, 워요⋯!"

아키가 망설임 없이 손을 뻗자, 쇼코는 살포시 손 위에 유충을 올려주었다.

그런 아키의 모습을 본 데즈카의 눈이 휘둥그레졌다.

"뭐, 예상은 했지만⋯. 유충도 괜찮으시다니, 역시나."

"아기, 라서, 힐링, 돼요. 폭신폭신, 하고요."

"폭신폭신하다, 라⋯. 온 세상 여자들이 비명을 지를 법한 감상인데요."

두 사람의 대화를 듣던 쇼코는 재미있다는 듯 웃었다.

"두 분, 참 귀여운 커플이시네요."

"커, 커플…?"

"아뇨, 이 두 분은 친구 사이입니다."

얼음이 된 아키와 데즈카를 앞에 두고, 유키는 차갑게 부정했다. 그 모습을 본 쇼코는 다시 웃음을 터뜨렸다.

그 후 정원에 마련된 새장과 커다란 수조에서 헤엄치는 열대어들을 구경하고 다시 거실로 돌아오자, 바깥은 이미 캄캄해져 있었다.

데즈카는 곧바로 테라스로 나가 정원 조명 빛 아래에서 강아지들을 찾아보았다.

"저기… 강아지들이랑 놀아도 될까요?"

"네, 그럼요."

개에 대한 데즈카의 깊은 애정은 아키가 여태껏 만난 동물 애호가 중에서도 따라갈 사람이 없을 정도였다.

게다가 이번엔 리쿠와 똑같은 골든 리트리버인 만큼 한층 더할 터였다.

평소보다 더 즐거운 듯 강아지들과 어울리는 데즈카를 바라보며 아키는 조금 안타까웠다.

바로 그때, 등 뒤에서 쇼코가 아키에게 불현듯 말을 건넸다.

"아키 선생님, 유키한테 들었을지도 모르겠지만 저희 강아지들의 담당 수의사가 되어주지 않으시겠어요? 수가 많아서

왕진하러 오셔야 하니 억지로 부탁드릴 순 없겠지만….”

"당연, 하죠! 처음부터, 그러려고, 왔는걸요!"

"어머, 다행이에요! 고맙습니다…!"

"조만간, 새끼 강아지들, 생후 한 달 차 검사를 하러, 찾아뵐게요."

"네에, 꼭 좀 부탁드립니다."

쉽사리 교섭이 성립되자 쇼코는 안심한 듯 소파에 걸터앉았다. 잠시 뒤, 데즈카도 만족스러운 표정을 지으며 거실로 돌아왔다.

"데즈카 씨는 정말로 강아지를 좋아하시는군요."

"아, 네…. 골든 리트리버는 특히 더 좋아합니다. 옛날에 키운 적이 있거든요. …실종되어 버렸지만요."

"실종…? 어머나… 힘드셨겠네요."

"뭐, 똑똑한 아이라 요즘엔 무슨 이유가 있지 않았을까 하는 생각도 들더라고요. 당시엔 제 잘못이라는 생각도 많이 했지만요…."

"당신만큼 애정 가득한 주인이 잘못했을 리가 없어요."

쇼코의 말에 데즈카는 살짝 쓸쓸한 미소를 지었다.

아키는 무의식적으로 데즈카의 소매를 쭉 잡아당겼다.

"아키 선생님?"

"저도, 그렇게, 생각해요…."

아키가 진지하게 바라보자, 데즈카는 약간 쑥스러운 듯 눈을 피했다. 바로 그때.

"그러고 보니, 이노가시라 공원에 출몰하는 신기한 리트리버 이야기를 들으신 적이 있나요?"

모두의 시선이 쇼코를 향해 쏠렸다.

"신기한 리트리버요?"

처음 반응한 사람은 아니나 다를까, 데즈카였다.

쇼코는 턱 끝에 손가락을 댄 채 기억을 더듬듯 고개를 숙였다.

"한때 소문이 자자했답니다. 뭐, 벌써 일 년도 더 된 이야기지만요. 목에 빨간 반다나를 두른 골든 리트리버가 이노가시라 공원에서 자주 목격되곤 했어요. 정말 놀랄 만큼 영리해서 유명했지요. 저도 몇 번인가 봤고, 제 산책 친구들도 목격담을 들은 적이 있다고 해요."

"빨간 반다나를 두른 리트리버…"

데즈카는 문득 생각에 잠겼.

쇼코의 말에 의하면, 그 골든 리트리버는 목줄도 없었지만 아주 얌전했고, 마치 공원 안을 순찰하듯 돌아다녔다고 한다. 분실물을 주워다 줬다거나, 길 잃은 아이 곁을 지켰다는 소문 같은 게 파다했다고 한다.

덧붙이자면 주인의 모습을 본 사람은 아무도 없었으나, 이노가시라 공원을 매일같이 산책하는 사람들 사이에선 공원의 명물로 유명했다고 한다.

그런데 그 골든 리트리버가 언제부턴가 갑자기 자취를 감추었다는 것이다.

행방을 아는 사람은 아무도 없었고, 공원 관리인이 주인에게 한소리 한 거 아니냐, 주인이 이사한 거 아니냐 하는 추측만 무성한 채, 리트리버는 서서히 사람들의 기억 속에서 잊혀져 갔다.

쇼코 자신도 그 골든 리트리버가 생각난 건 오랜만이라고 했다.

"꼭 동화처럼 근사한 이야기군요."

유키가 중얼거렸다.

아키도 동감하는 바였다.

골든 리트리버가 똑똑하다는 사실은 익히 알고 있었지만, 누군가의 지시 없이 스스로 남을 도왔다는 것은 대단한 일이었다.

그런 가운데, 데즈카는 줄곧 무언가를 골똘히 생각하는 눈치였다.

"혹시, 리쿠, 였다고…, 생각, 안 해요?"

돌아가는 길에 아키는 데즈카에게 넌지시 질문을 던졌다.

유키가 집으로 돌아간 뒤, 데즈카와 단둘이 이노가시라 공원을 걷고 있을 때였다.

쇼코가 들려준 골든 리트리버 이야기가 너무도 인상적이라, 아키는 그 리트리버가 리쿠였다면 좋겠다고 생각하며 불쑥 말을 꺼냈다.

그러나 데즈카는 평소의 미소는 온데간데없이, 조용히 고개를 저었다.

"그건 말도 안 되죠."

전에 없이 쓸쓸해 보이는 그 모습에서, 데즈카의 대명사 같은 유들유들한 분위기는 찾아볼 수 없었다.

"앗… 죄송, 해요…."

아키의 사과에 퍼뜩 정신을 차린 데즈카는 황급히 고개를 가로저었다.

"아니… 왜 사과하세요! 그보다 제가 말을 이상하게 했죠, 죄송해요!"

"아니… 아니에요!"

아키가 대답하자, 데즈카는 겨우 평소처럼 미소 지으며 안도의 한숨을 내쉬었다.

그러나….

"뭐, 누군가가 보호하다가 그대로 키우고 있을 가능성도 있고…."

말을 잇다 만 채, 괴로운 듯 이마를 짚었다.

확실히 이상하다는 생각에 아키는 불안해졌다.

"데즈, 카…?"

"죄송해요, 오랜만에 강아지들이랑 실컷 놀았더니 피곤한가 봐요. 내일이면 괜찮아질 테니 걱정하지 마세요."

"…네."

그 말이 배려에서 나온 거짓말이라는 것쯤은 아키도 알 수 있었다. 알지만, 어떤 말을 어떻게 건네야 하는지까지는 알 수 없었다.

"그보다 쇼코 씨, 정말 아름다우시네요. 유키 씨 지인이라 길래 상상해 봤던 인물상이랑 하나도 맞는 게 없었어요. 어쩐지 비밀이 하나 더 늘어난 기분인데요? 정말 미스터리한 사람이에요."

"그러, 네요."

삽시간에 화제를 바꾼 데즈카는 웃음을 터뜨렸다.

잘은 모르겠지만 지금은 리쿠 이야기를 할 때가 아닌 것 같다고 생각한 아키는, 유키 이야기에 맞장구쳤다.

그러나 마음속에 퍼져가는 찜찜한 기분은 해소되기는커녕 짙어져만 갔다.

"으… 잠이, 안 와…"

한밤중, 웬일인지 좀체 잠이 오지 않자 아키는 혼잣말을 중얼거렸다.

시계를 보니 자정이 넘은 시각이었다. 눈앞에는 찰싹 붙어 자는 메로의 등이 있었다. 아키는 그 등에 얼굴을 파묻고는 커다랗게 한숨을 내쉬었다. 메로가 바로 귀를 쫑긋거리며 돌아보았다.

"냐앙."

"깨워서, 미안."

사과를 건네자 메로는 아키의 볼에 코끝을 문지르며 고롱거리기 시작했다. 사랑을 표현하는 이 행동을 볼 때마다 아키는 몹시 행복했다.

"있지, 메로."

이름을 부르자 메로는 움직임을 멈추고 아키와 눈을 맞췄다.

"아키."

곧바로 메로의 목소리가 들려왔다.

"데즈카, 이상, 했지?"

"이상했어."

"역시, 메로도, 그렇게 생각해?"

"데즈카, 슬퍼."

"슬프다, 라. …무슨 생각을, 하는, 걸까."

아키는 벌러덩 누워 천장을 바라보았다. 바로 그때, 문득 하나의 의문이 머리를 스치고 지나갔다.

'난, 데즈카에 대해, 아는 게 별로, 없어….'

새삼 곱씹어 보니, 데즈카와 아키가 만난 지도 벌써 반년이 지났다. 그동안 셀 수 없을 만큼의 많은 추억을 함께 나누었다.

부엉이를 쫓아가고, 수달의 집을 찾아다니고, 몇 번이나 공원으로 산책도 가고, 거의 매일같이 얼굴을 마주했다.

그런데도 아키는 데즈카에 대해 잘 안다고 할 수 없었다. 대학원에서 동물행동학을 연구하고 있고, 동물을 좋아하고, 남동생이 있고…. 그런 표면적인 부분은 알고 있었지만, 막상 데즈카의 고민을 헤아려 보려 하니 짐작할 만한 실마리가 너무 부족했다.

그 사실은 아키에게 제법 큰 충격이었다.

"그렇게나 같이, 있었는데… 데즈카가 왜 슬픈지도, 모르다니."

아키의 중얼거림에 메로가 "냐옹" 하고 작게 울더니 아키의 배 위로 훌쩍 뛰어 올라왔다.

"산책."

"어…?"

너무나도 당돌한 제안에 아키는 눈을 동그랗게 뜨고 메로를 쳐다보았다.

평소 같으면 내일 가자고 달래며 잠을 청했겠지만, 잠시 고민하던 아키는 이내 몸을 일으켰다.

"가자."

어차피 영 싱숭생숭한 것이, 잠이 올 것 같지 않았다.

그럴 바에야 산책이라도 하면 개운해질지도 모른다고 생각하며 아키는 메로를 안아 들었다.

그리고 대충 외출 준비를 한 뒤 메로를 데리고 밖으로 나섰다.

발걸음은 자연스럽게 이노가시라 공원을 향하고 있었다. 낮에 쇼코가 들려준, 신기한 골든 리트리버 이야기를 들은 이후 어쩐지 내내 마음이 편치 않아서였다.

공원 입구에 도착한 아키는 메로를 내려놓고 리드줄을 맨 다음 천천히 걸음을 옮겼다.

한밤중이라 해도 여기저기 설치된 조명 덕분에 그리 어둡지 않았다. 정면에 펼쳐진 연못에는 반사된 달빛이 반짝반짝 아름답게 빛나고 있었다.

낮과는 전혀 분위기가 다른 풍경에, 아키는 조금 색다른 기분으로 주위를 한동안 둘러보았다. 바로 그때였다.

"냐옹."

갑자기 메로가 귀를 쫑긋 세우더니 힘차게 뛰쳐나갔다.

마치 강아지를 산책시키는 것처럼 아키는 질질 끌리듯 메로의 뒤를 쫓았다.

"왜, 그래…?"

메로는 대답 없이 어딘가를 향해 일직선으로 내달렸다. 아키는 갑작스러운 상황에 놀라면서도 그 행동이 이상하게 신경 쓰여 필사적으로 그 뒤를 쫓았다.

연못을 따라 수십 미터는 달려가고 나서야 메로가 겨우 발걸음을 멈추었다.

아키는 그 자리에 주저앉아 숨을 가다듬었다. 그때.

"메로…?"

앞쪽에서, 여기 있을 리가 없는 사람의 목소리가 들려왔다.

퍼뜩 고개를 들어 조명에 비친 얼굴을 본 순간, 아키의 두 눈이 휘둥그레졌다.

"어…."

그곳에는 데즈카가 있었다.

한밤중에 이노가시라 공원에서 갑자기 아는 사람을 만날 확률이 얼마나 될까? 아키는 순간적으로 눈앞의 광경이 마치 꿈만 같았다.

그러나 곁에 다가온 데즈카가 다정하게 메로를 안아 드는 모습에 조금씩 현실감이 느껴졌다.

"아키 선생님, 이런 시간에 어쩐 일이세요?"

"어… 데즈카야, 말로…."

아키가 되묻자 데즈카는 조금 당황한 듯 쓴웃음을 지었다.

"산책이요. 잠이 안 와서."

"저도, 예요…. 그보다, 데즈카, 집이…."

"미타카다이인데… 어? 제가 말씀드린 적이 없던가요?"

"네, 네…."

이제야 알게 된 데즈카의 정보에 아키는 조금 복잡한 심정이 되었다. 사는 곳 정도는 진작 알고 있었어도 이상하지 않을 정보였는데….

말로 다 할 수 없는 감정이 아키의 마음속에 서서히 퍼져 나갔다.

"미타카다이에, 언제부터, 살았어요?"

"어… 대학원 가고 난 다음부터니까 얼마 안 됐네요."

"그 전까진…."

"본가에 살았어요. 미타카역 근처예요…."

"……."

"본가가 학교랑 더 가깝다고 생각하셨죠? 그 뭐, 이런저런 사정이 있어서."

"이런저런, 이라면…?"

"…아키 선생님, 오늘 왜 그러세요?"

데즈카가 고개를 갸웃거릴 때까지 아키는 본인이 질문을

퍼붓고 있음을 전혀 깨닫지 못했다.

아차 싶어 고개를 숙이자, 데즈카는 작게 웃음을 터뜨렸다.

"아니, 따지는 게 아니라 그냥 놀라서요. 굳이 말하자면 뭐랄까, 나한테 관심이 있으신가 싶어 감개무량하달까요."

데즈카는 농담 섞인 말투로 이야기했지만, 아키는 그제야 자신의 감정이 뭔지 어렴풋이 알 수 있었다.

그것은 데즈카에 대해 알고 싶다는 단순한 마음이었다. 지금껏 살아오며 동물 외엔 아무런 흥미가 없었던 아키는 남에게 그런 감정을 느낀 적이 거의 없었다.

계기는 조금 전, 데즈카에 대해 아는 게 아무것도 없다는 걸 깨달았을 때였다. 그 순간에 형용할 수 없는 불안감이 피어올랐다.

"뭐, 솔직히 말하면 아버지는 제 연구에 대해 이해를 못 하세요. 집을 나오기 전엔 장래 문제 같은 걸로 말싸움만 했죠. 그래서 좀 거리를 두는 게 낫겠다 싶어서, 어머니 집에 들어가 있는 상태예요."

"어머니, 집…, 이요?"

"이혼하셨거든요. 아, 그래도 뭐 비교적 원만하게."

"…죄송, 해요…."

아키는 불안한 마음에 떠밀려 꼬치꼬치 캐물은 것을 반성했다. 그러나 데즈카는 개의치 않고 고개를 가로저었다.

"그보다 무슨 일 있으셨어요? 오늘 좀 이상하시네요."

"…데즈카에, 대해… 별로, 아는 게, 없는 것, 같다는 생각이, 들어서요."

"네…?"

생각지도 못한 직설적인 대답에 데즈카는 얼떨떨하다는 표정을 지었다. 그러나 데즈카의 그런 반응을 전혀 알아차리지 못한 아키는 진지한 표정으로 고개를 들었다.

"알고, 싶어요."

"어… 어어…."

"알려, 주세요."

자못 진지한 아키의 태도에 데즈카는 결국 웃음을 터뜨리고 말았다. 그리고 멍한 아키를 놀리듯 머리에 손바닥을 톡 얹었다.

"그럼 먼저, 저에 대해 얼마나 아는지 여쭤봐도 될까요?"

"네. 어… 그러니까… 대학 연구랑, 리쿠랑, 동물을 좋아한다는 거랑, 남동생이 있다는 거, 그리고…."

"그리고요?"

"그리고…."

"그보다… 그 정도가 보통 아닐까요?"

"부모님에 대한 것도, 이제 알게 됐고, 그리고…, 어떤 때 웃는지도, 알아요."

"네?"

아무렇지 않게 내뱉은 아키의 말에 데즈카의 눈이 커졌다. 그리고 어리둥절해하는 아키에게서 어색하게 시선을 돌리며 손바닥으로 얼굴을 부채질했다.

"저기… 제가, 뭐 이상한 말이라도….."

"아뇨. 기습적이라 생각보다 더 대미지가 컸달까요."

"기, 기습…, 이요?"

"아키 선생님…. 저는 그걸로 충분해요. 아니, 마지막 말만으로도 차고 넘칠 정도예요."

"그런… 가요."

데즈카는 여전히 손을 퍼덕이며 부끄러운 듯 웃었다. 아키는 데즈카가 왜 저러는지 통 이해할 수 없었지만 웃으니까 됐다며 넘어가기로 했다.

이윽고 데즈카는 분위기를 전환하듯 일부러 헛기침을 하더니, 아키에게 바로 옆에 있는 벤치에 앉으라고 손짓했다.

"그건 그렇고, 이런 한밤중에 산책하는 건 위험하니까 조심하세요."

아키는 고개를 끄덕이며 옆에 앉은 데즈카를 바라보았다.

자리에 앉자, 차분해진 머릿속에서 다시 의문이 꼬물꼬물 머리를 치켜들었다. 데즈카가 잠이 오지 않은 이유가 궁금했다.

물어봐도 될지 말지, 망설이기 시작하자 좀처럼 입이 떨어지지 않았다.

'동물은…, 눈을 마주치면, 알 수, 있는데.'

아키는 최근 들어 사람과 의사소통하는 것이 얼마나 어려운지를 새삼 실감하고 있었다. 데즈카와 함께 지내면 지낼수록 답답함은 더욱 커져만 갔다.

그동안 사람과의 교류를 극단적으로 꺼려온 후유증 같은 것임을 아키도 알고는 있었다. 그러나 그 답답함은 그저 불쾌하기만 한 감정이 아니었다.

바로 그때.

"뭔가… 묻고 싶은 게 있으시군요?"

물끄러미 쳐다본 탓인지, 데즈카가 쓴웃음을 지으며 중얼거렸다.

"…아."

들통났다는 사실에 안절부절못하면서도, 아키는 기왕 주어진 기회를 살려야겠다고 생각하며 고개를 끄덕였다.

그리고 실컷 캐물은 김에 물어보자고 다짐하고는, 조심스레 입을 열었다.

"저, 저기… 잠이 안 온, 이유가…, 쇼코 씨가 들려준…, 얘기, 때문인가요…? 그… 골든, 리트리버…."

문득 홀연히 흔들리는 데즈카의 눈동자를 본 아키는 확신했다.

데즈카의 상태가 쇼코의 저택을 나설 때부터 이상했던 만큼, 아키는 어렴풋이 그 이유를 짐작하고 있었다.

한참 침묵하던 데즈카는 이윽고 작게 한숨을 내뱉었다.

"뭐… 자꾸 생각하게 되더라고요. 리쿠였으면 어떡하지, 하고."

"어떡하지, 라뇨…?"

"만약 그 개가 진짜 리쿠라면, 이렇게 가까이 있었는데 집으로 돌아오지 않았다는 거잖아요."

"아…."

아키는 말문이 막혔다. 순간, 데즈카의 속마음을 알 수 있었다.

데즈카는 만약 그 개가 정말 리쿠였다면, 언제든 돌아올 수 있는 거리였음에도 자기에게 돌아오지 않았던 이유를 상상하고 충격을 받은 것이었다.

어떤 이유이건, 아무리 긍정적으로 생각하려 해도 애정을 쏟았던 만큼 마음이 아팠으리라.

"그래서 리쿠였다면 좋았겠다 싶다가도, 하지만 역시 아니었으면 좋겠다는 생각이 자꾸 맴돌아서 잠이 안 오더라고요. 전 어렸을 때부터 리쿠랑 함께였어요. 진로의 방향도 리쿠 때문에 결정한 거나 다름없는데, 나만 그런 마음이었던 걸까 싶어져서…"

"그렇지, 않아요."

아키는 데즈카의 말이 채 끝나기도 전에 불쑥 끼어들었다. 전에 없이 단호한 어조에 깜짝 놀란 데즈카의 손을, 아키는 양손으로 꼬옥 감쌌다.

"아키 선생님…?"

"데즈카만, 그런 마음이었던 거, 아니에요. 절대."

"저기…."

"리트리버는, 똑똑해요! 받은 은혜와, 사랑을, 절대, 잊지 않아요. 절대, 절대, 아니에요!"

너무나도 필사적인 아키의 모습에 한동안 굳어 있던 데즈카는, 이내 미소를 지으며 작게 끄덕였다.

"고맙습니다, 아키 선생님. 그… 죄송해요. 제가 참 한심한 소릴 했죠? …슬슬 갈까요? 어두우니까 괜찮으시면 바래다드릴게요."

그러나 데즈카의 그 표정에 아키는 다시금 불안해졌다.

동물의 감정 외엔 둔감한 아키였지만, 데즈카에 관해서는 요즘 들어 한 가지 알게 된 사실이 있었다.

착하디착한 데즈카는 아키를 위해 무엇이든 해주지만, 반대로 웬만해선 아키가 신경 쓰지 않게 하려고 한다는 점이었다. 데즈카는 쓸쓸하다거나, 슬프다거나 하는 부정적인 감정을 느낄 때마다 꼭 미소로 얼버무렸다.

그런 순간일수록 이해해 주고 싶고, 곁에 있어 주고 싶다는 마음을 아키는 지금까지 살아오며 거의 느껴본 적이 없었다.

그래서 그 마음을 어떻게 표현해야 전할 수 있을지 전혀 모른다.

그러나 오늘만큼은— 항상 잘 얼버무리는 데즈카가 속내를 털어놓은 오늘만큼은 절대로 그냥 넘어갈 수가 없었다.

"한심하지, 않아요."

"네?"

"…전, 아까 말한 대로, 데즈카에 대해, 잘 모르지만…. 리쿠를 얼마나, 아끼는지는, 분명, 가장 잘 안다고, 생각해요."

"아키 선생님…."

"그래서, 적어도, 그 마음만큼은, 알 수 있어요. 제가 유일하게, 헤아릴 수 있는, 감정이에요. 그러니까… 슬프다고, 더 말해도, 괜찮…."

아키의 시야가 흐릿하게 번졌다.

신기한 골든 리트리버 이야기에 리쿠를 생각하며 이러지도 저러지도 못한 채 한밤중에 이노가시라 공원까지 와버린 데즈카의 마음을 상상하면 할수록, 하염없이 감정이 북받쳐 올랐다.

"아니, 저… 아키 선생님. 무슨 말씀인지 알겠어요, 저는 괜잖으니까…."

"아뇨, 데즈카는, 몰라요."

데즈카는 허둥대며 아키의 팔을 살포시 붙잡았다. 그러나 아키는 말을 이어가며 계속 고개를 가로저었다.

"저는… 데즈카가, 늘, 저를, 도와주었듯… 저도, 도와주고, 싶어요."

"……."

"본인한테, 할 말은 아닐 수도, 있지만, 전, 그런 걸 잘, 몰라요, 그러니까…."

갑자기 데즈카의 체온이 아키의 몸을 감쌌다.

무슨 일인지 이해하기까지, 시간이 좀 걸렸다.

눈을 크게 뜬 채 굳어버린 아키의 등을 데즈카의 팔이 힘있게 감싸고 있었다. 발밑에서는 메로가 냐옹거리며 두 사람을 올려다봤다.

얼마나 오래 그러고 있었던 것일까. 마치 시간이 멈춰버린 듯, 생각도 멈춘 채였다.

이윽고 조깅하는 남자가 지나갈 때에야 데즈카는 서서히 팔을 풀었다.

달아오른 아키의 볼을 차가운 공기가 슬며시 식혀 주었다.

아직 당혹스러움이 가시지 않은 아키와 달리, 데즈카는 마치 아무 일도 없었다는 듯 평소처럼 미소를 지었다.

"…고맙습니다."

"어…."

"이번에야말로, 바래다 드릴게요."

"…저, 저기."

데즈카의 표정은 인자했다.

그 속내는 알 수 없었다. 그러나 그 미소는 마치 무거운 짐을 내려놓은 듯 홀가분해 보였다.

걸음을 옮기기 시작한 데즈카의 뒤를 쫓아가자, 데즈카는 메로를 안아 들고 자연스럽게 아키의 손을 잡았다.

아키는 다시 당황했지만, 데즈카에게선 조금도 장난기가 느껴지지 않았다.

"…대놓고 도와주고 싶다는 말을 들은 건 처음이에요."

"어, 그, 저… 좀, 이상, 했나요…?"

"아뇨…. 자각이 없으신 만큼 파괴력이 장난 아니라는 뜻이에요."

아키는 무슨 뜻인지 몰라 고개를 갸우뚱거렸다. 데즈카는 '풉' 하고 웃음을 터뜨렸다.

동물병원에 도착하자, 데즈카는 안고 있던 메로를 아키에게 건넨 다음 한 손을 흔들며 왔던 길로 되돌아갔다.

"저, 저기…!"

아키가 무심결에 부르자, 데즈카는 천천히 고개를 돌렸다.

"시간이 늦었으니 빨리 주무세요. 내일 아침에 또 올게요."
"…네."

아키는 또 오겠다는 말을 지금까지 데즈카에게 몇 번이나 들었을까 하는 생각이 들었다.

그리고 어느샌가 당연해진 그 말의 따스함을 새삼 다시 실감했다.

가족도 아니고, 약속이 있는 것도 아닌데 당연하다는 듯 곁에 있어 준다. 아키에겐 그저 신기하고 소중한 존재였다.

마음속에 서서히 퍼져나가는 온기를 간직하려는 듯, 아키는 천천히 심호흡을 하며 방으로 돌아갔다.

침대에 눕자, 바로 앞에 벌러덩 누워 있던 메로가 "냐앙" 하고 울었다.

"데즈카."

"…응. 아침에 또, 볼 수 있어."

눈을 감자마자 순식간에 의식이 흐려졌다. 평소보다 조금 더 빠른 심장 고동 소리가 몸 안에서 기분 좋게 울려 퍼졌다.

"데즈카 씨, 어제는 감사했습니다. 다시 꼭 방문해 주세요. 강아지들이랑 그렇게 활기차게 놀아주시는 분도 드물어서, 쇼코 씨도 아주 좋아하셨어요. 어제의 데즈카 씨는 정말이지 개 같았답니다."

"…유키 씨, 그거 칭찬인가요?"

"네, 그럼요."

다음 날 진료 시간이 끝난 후, 사쿠라이 호텔을 찾은 데즈카를 유키가 대기실에서 맞이하며 고맙다는 인사를 건넸다. 아키는 그 모습을 흐뭇하게 바라보았다.

그러나 이상하게도 단둘이 있을 땐 왜인지 데즈카의 눈을 쳐다볼 수 없었다.

눈을 보려 해도 직전에 무의식적으로 퍼뜩 피하곤 했다.

처음 겪는 일에 당황한 아키는 머리를 감싸 쥐었다.

"아키 선생님?"

"아, 네, 네. 어쩐지 오늘, 이상하달까… 죄송, 해요."

"이상하다니요?"

데즈카가 억지로 얼굴을 들여다보자 아키는 힘껏 고개를 돌렸다.

그러자 데즈카는 일부러 들으란 듯 크게 한숨을 내쉬었다.

"왜 그렇게 서먹하게 구세요…? 밤에는 저에 대해 더 알고 싶다고 그러셨으면서."

그 말에 기억이 생생히 되살아났다. 쓸쓸해 보이는 데즈카의 표정을 떠올리자마자 아키는 아까와는 전혀 다른 기세로 데즈카의 양쪽 어깨를 꽉 붙잡고 가까이에서 그의 눈을 똑바로 바라보았다.

이번엔 장난치려던 데즈카가 되려 놀라 얼어붙었다.

"그래…, 그래, 요!"

"네? 저기…."

"빠, 빨리!"

"네?"

"빨리, 말해, 보세요!"

"……."

"어서, 빨리요!"

기세등등한 그 말에 데즈카는 얼빠진 표정으로 입을 쩍 벌렸다.

그리고 얼마간의 정적 끝에, 갑자기 웃음을 터뜨렸다.

당황한 아키의 눈동자가 격하게 흔들렸다. 데즈카는 실컷 웃다가 꺽꺽거리며 아키의 머리를 살며시 쓰다듬었다.

"망했어요…. 전 이제 걷잡을 수가 없을 것 같은데요."

"네…? 그게, 무슨 말…."

"선생님이 이러시니…."

아키는 데즈카가 무슨 말을 하는지 종잡을 수 없었다.

그러나 부드럽게 미소 짓고 있는 눈을 보고 있자니, 서서히 심장이 빠르게 뛰기 시작했다.

"자, 그럼 전 슬슬 퇴근하겠습니다. …데즈카 씨, 동물들을 잘 부탁드려요."

퇴근하기 전, 사쿠라이 호텔에 들른 유키의 목소리가 느닷없이 울려 퍼졌다.

"엇…."

데즈카는 물론 아키도 정신이 번쩍 들었다. 둘은 민망함에 폴짝 뛰듯 멀찍이 떨어졌다.

유키는 여전히 무표정하게 둘을 차례로 쳐다보고는 꾸벅 고개를 숙인 뒤 집으로 돌아갔다.

남겨진 두 사람은 한동안 말이 없었다.

이윽고 발밑에서 메로가 "냐옹" 하고 울자, 어색하던 거리감은 순식간에 사라졌다.

"…일단은, 산책, 갈까요…?"

"아…, 네… 네!"

조금 전부터 대체 왜 이렇게 심장이 뛰는지, 아키는 그 이유를 알 수 없었다.

그러나 그건 결코 불쾌한 느낌이 아닌— 오히려 앞으로 무슨 일이 생길지 궁금한, 설레는 느낌이었다.

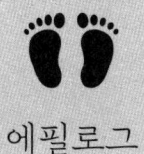
에필로그

"그만 정신 좀 차려."

아키가 처음으로 들은 동물의 말.

아버지를 여의고 줄곧 틀어박혀 있던 아키에게, 할아버지의 애묘인 시스가 건넨 한마디였다.

당시 아키는 열 살이었다. 어린아이 특유의 순수함도 있어서 상식적으로 생각할 수 없는 일을 그냥 받아들였다.

그 후로도 시스는 늘 아키 곁에서 이런저런 것들을 가르쳐 주었다. 대부분은 자기의 주인인 아키의 할아버지가 얼마나 위대하며, 수의사로서 얼마나 대단한지에 대한 내용이었다.

그렇게 시스 덕분에 조금씩 기운을 차린 아키는 이윽고 할아버지 집으로 이사하게 됐다. 이사라고 해도 할아버지의 집은 같은 동네였고, 짐도 별로 없어서 순식간에 끝나버렸다.

여태껏 살던 집은 아키의 마음을 헤아린 할아버지가 그대로 남겨두었다. 아키가 큰 슬픔 없이 집을 떠날 수 있었던 이유는 집이 그대로 남아 있다는 사실보다도 할아버지의 그런 배려 덕분이었다.

그리고 무사히 이사를 마치고 할아버지와 시스와 함께 지내기 시작한 후로 시스는 그야말로 아키의 엄마가 되었다.

학교를 쉬는 날도 아침 일찍 깨워서 같이 산책을 가고, 낮에는 동물병원에 들러 할아버지와 함께 점심을 먹고, 사쿠라이 호텔의 동물들 치다꺼리를 돕다가 밤이 되면 할아버지와 같이 퇴근해 저녁을 먹었다.

바쁜 할아버지는 식사 후에 다시 병원에 갔다가 한밤중이 되어서야 돌아오곤 했다.

"아키가 오기 전에는, 저 사람, 거의 병원에서 살다시피 했어."

이건 시스가 알려 준 사실이었다.

당시에도 사쿠라이 동물병원 2층에는 생활에 필요한 것들이 어지간히 갖춰져 있었다. 할아버지는 아키와 살기 전까진 거의 그곳에서 잤다고 한다. 집에 자주 들어오게 된 건 아키가 이사 오고 난 다음부터였다.

할아버지는 과묵해서 그런 말도 좀체 하지 않았지만, 그런 따뜻한 마음만큼은 또렷이 느낄 수 있었다.

그리하여 아키는 마침내 다시 학교에 다니기로 결심했다.

그러나 오랜만에 등교한 학교는 외로웠다.

사람과 소통이 서툰 데다, 원래도 혼자 시간을 보낼 때가 많았지만 아버지가 돌아가셨다는 소문 때문인지 모두가 아키를 조심스럽게 대했다.

아버지가 돌아가시기 전까지는 과묵한 아키를 보고 반 남자아이들이 음침하다고 놀리기도 했는데, 다시 돌아온 후로는 그 누구도 그런 말을 하지 않았다.

배려라는 건 알았지만 불쌍하다는 듯한 시선은 조금씩 나아가던 아키의 마음속 상처를 자꾸 자극했다.

결정타는 수업 참관일이었다.

수업이 끝나고 모두가 엄마와 대화하는 가운데, 충격적인 한마디가 툭 들려왔다.

"아키랑 친하게 지내렴, 가엾잖니."

'가여, 워…?'

그 말이 머릿속에서 계속 맴돌았다.

분명 견디기 힘들 만큼 고통스러웠지만, 그래도 시스와 할아버지 덕분에 조금씩 기운을 차려서 학교에도 나올 만큼 회복할 수 있었다. 그리고 그런 사실을 조금은 자랑스럽게 여기던 아키에게 그 한마디가 준 충격은 이만저만이 아니었다.

'주위에선 나를 가엾게 보는구나.'

갑자기 나만이 다른 아이들과 다른 곳에 있는 듯한 착각마저 들었다.

그것은 차마 말로 형용할 수 없는 만큼의 고독함이었다.

보호자들로 북적거리는 교실을 홀로 뛰쳐나온 아키는, 정신없이 집을 향해 달렸다.

현관문을 열자 시스가 마치 기다리고 있었다는 듯 아키를 맞아주었다.

"시스…!"

아키는 있는 힘껏 시스를 끌어안고 눈을 꼭 감았다.

시스는 가만히 안긴 채 "냐옹" 하고 울었다.

"왜 그래?"

"나, 역시, 시스랑, 할아버지만 있으면, 돼…."

"어머나."

시스는 마치 칭찬하듯 아키의 뺨에 코끝을 부볐다.

그 온기에 아키의 눈물샘이 터지고 말았다.

"나, 아직, 가엾은, 걸까…?! 언제까지, 가여운, 거야…?"

"그건 네가 정할 일이지."

"그건, 그렇지만…!"

"주변에서 어떻게 생각하든, 네 일은 네가 정하면 돼."

아키는 매달리듯 시스를 끌어안은 팔에 힘을 꽉 주었다. 그 순간, 갑자기 이상한 느낌이 들었다.

"시스…?"

시스의 호흡이 유달리 빨랐다.

불쑥 솟아오르는 불길한 예감에 팔을 풀자, 시스는 평소와 다름없이 "냐옹" 하고 울었다.

"잘 들어, 아키. 누구든 태어날 땐 혼자야. 죽을 때도 혼자고."

"혼자…?"

"그래. 어디서 누구랑 살아갈지는 그 후에 네가 정하는 거야. 그러니까 널 이해해 줄 사람을 택해서 곁에 있으면 돼. 단, 그렇게 멋진 만남을 가지려면 수많은 사람을 만나봐야 해."

"할 수, 있을까…. 내가, 그런."

아직 어린 아키에게 그때 시스의 말은 조금 어렵고, 슬프게 느껴졌다. 그러나 양팔에 느껴지는 시스의 부드럽고 말랑거리는 감촉은 아키의 마음을 따스하게 어루만져 주었다.

"그럼, 시스는, 할아버지를, 택한 거야?"

"그래.. 마지막까지 같이 있어 줬으면 싶은 사람이야."

마음속이 갑자기 술렁였다.

단지 아키는 그때 시스에게서 왜 이상한 느낌이 드는 건지, 왜 불안이 밀려오는지 알 도리가 없었다. 그래서….

"시스는 이제 오래 못 살 거란다."

할아버지에게 그 말을 듣자마자 삽시간에 하얘진 머릿속 한켠에서 계속 맴돌던 의문이 스르륵 풀리는 것만 같았다.

"어…?"

"원래 있던 호흡기 쪽 지병이 악화되는 바람에 요즘엔 식욕도 떨어졌고, 체중도 줄었어. 하지만… 제법 오래 살았으니, 자연의 섭리일지도 모르지."

"죽는, 거야…?"

제멋대로 와들와들 떨리는 아키의 손을 할아버지는 커다란 손으로 감싸 쥐었다. 그리고 아키의 눈을 지긋이 바라보았다.

"시스, 도…?"

죽음이 어떤 것인지 아키는 몸서리가 쳐질 만큼 잘 알고 있었다. 아버지를 여읜 지 얼마 되지 않은 아키에게 그 선고는 몹시도 잔인했다.

할아버지는 아무 생각도 하지 못한 채 굳어버린 아키의 머리를 따스하게 쓰다듬었다.

그리고 아주 잠시 고통스러운 표정을 지었다.

"할아, 버지…?"

아키는 여태껏 할아버지의 그런 표정을 본 적이 없었다. 늘 의연하고, 때로는 보호자를 꾸짖기도 하는 엄한 할아버지의 모습에선 도저히 상상할 수 없는 표정이었다.

아키의 심장은 점점 더 불안하게 뛰기 시작했고, 시야는 눈물로 흐려졌다.

시스의 수명 이야기도, 할아버지의 처음 보는 모습도 슬펐다. 그리고 아무것도 할 수 없는 자신이 너무도 한스러웠다.

그로부터 시스의 증상은 조금씩 악화되었다.
식욕이 줄어 살이 빠지고, 조금씩 움직이지 못하게 된 시스의 곁을 아키는 하루 종일 지켰다.
죽는다는 게 거짓말이기를 그저 빌고 또 빌었다.
할아버지는 다시 등교를 거부한 아키에게 아무 말도 하지 않았다.
무슨 일이 있어도 시스 옆에서 떨어지지 않겠다고 결심한 아키에겐 잘된 일이었다.
그러나 시스는 달랐다.
"왜 여기 있어?"
"…그야…."
"됐으니까 가."
"안 가."
"나나 저 사람은 네 곁에 평생 있어 줄 수 없어. 너의 세상을 넓혀."
"그런, 서운한 말, 하지 마."
시스는 이따금씩 엄니를 드러내며 위협할 때 하는 하악질로 아키를 쫓아내려 했다.

그래도 아키의 뜻은 굳건했다. 물고 할퀴어도 아키는 시스를 묵묵히 쓰다듬었다.

그리고 그런 날이 얼마간 계속되던 어느 날.

영원히 오지 않길 바라던 순간은, 기어이 오고 말았다.

"시스…?"

당장이라도 끊어질 듯한 시스의 호흡을 옆에서 느끼던 아키의 심장은 불안과 동요로 점점 더 빠르게 뛰었다.

슬며시 등에 손을 대자, 시스의 미약한 온기가 번져왔다.

"할아, 버지…"

급히 병원문을 닫고 곁을 지키던 할아버지는, 시스의 이마를 손끝으로 쓰다듬으며 부드럽게 미소 지었다.

"시스… 고마웠다."

할아버지의 작별 인사는 무척이나 짧았지만, 깊은 정이 담겨 있었다.

"고마, 워."

시스는 할아버지를 쳐다보며 "냐앙" 하고 울었다.

아키의 가슴은 한없이 조여들었다.

"할아, 버지. 시스도, 고맙대."

"그래. …들리는구나."

할아버지는 시스의 말을 못 들을 텐데? 아키의 눈동자가 당혹감으로 흔들렸다.

그리고, 바로 그때.

"당신이, 좋아."

똑똑히 들려온 그 말을 마지막으로— 계속 힘겨운 듯 오르내리던 시스의 몸이 조용히 멈추었다.

배에 대고 있던 아키의 손이 작게 떨리기 시작했다.

"아…, 시스…."

시스가 점점 약해지는 모습을 지켜봤던 아키는 이것이 무엇을 의미하는지 너무나 잘 알고 있었다.

줄곧 외면해 왔던, 시스를 잃는다는 절망과 슬픔이 차오르며 가슴속 깊은 곳이 저릿해졌다.

"아, 안 돼, 시스…!"

충동적으로 시스의 몸을 끌어안았지만, 이미 영혼이 떠난 시스의 몸은 평소처럼 아키의 손길을 정답게 받아주지 않았다.

희미하게 느껴지는 체온에서 꺼져버린 생명의 여운이 느껴졌다.

"시, 싫어, 싫어! 할아, 할아버지…!"

북받쳐 오르는 감정에 소리치자, 할아버지는 뒤에서 아키를 꼬옥 끌어안았다.

"고마웠다고 말해주렴."

"…흑."

"쓸쓸하겠지만, 시스에게는 아무리 고맙다고 해도 모자랄 것 같구나. 오랫동안 함께 있어 주었고, 아키도 지켜봐 주었으니 말이다."

"…아, 알겠…, 어! 시, 시스, 고, 고마, 고마…."

제대로 말을 잇지 못하는 아키를 보며 할아버지는 조용히 미소를 지었다.

눈물이 뒤섞인 듯한, 무척이나 슬픈 미소였다.

"―할아, 버지."

시스와 헤어진 지 열흘쯤 지난 어느 날.

아키는 처음으로 혼자 사쿠라이 동물병원을 찾았다.

일부러 오후 진료가 시작되기 전에 사쿠라이 호텔 문을 열자, 동물들을 돌보고 있던 할아버지는 아키의 모습에 깜짝 놀랐다.

아키가 등에 책가방을 메고 있었기 때문이었다. 아키는 보란 듯이 등을 내보이며 어색하게 웃었다.

"학교, 갈래."

"왜 그러니?"

"시스한테, 혼날, 테니까."

"…그렇구나."

할아버지는 다정하게 눈웃음지으며 아키 곁으로 다가와 무릎을 꿇고 눈을 맞췄다.

그리고 아키의 머리를 부드럽게 쓰다듬었다.

"시스도 기뻐하겠구나. …하지만, 아키. 오늘은 수요일이라 좀 있으면 학교가 끝날 시간이란다."

"앗…?!"

"내일부터 가면 어떻겠니?"

아키는 허둥지둥 벽에 걸린 달력을 쳐다보았다. 틀림없는 수요일이었다. 아키네 학교는 수요일엔 오전에만 수업이 있었다.

"그… 그런가. 그럴, 게."

"아키."

할아버지는 의미심장하게 아키의 이름을 부르며 작은 몸을 꼭 끌어안았다. 세찬 포옹에 아키는 조금 당황했다.

그러나 그 순간, 할아버지의 몸에서 갑자기 시스의 내음이 느껴지는 것만 같았다. 신기하게도 마음이 차분해졌다.

아키는 할아버지를 끌어안았다. 할아버지는 아키의 머리를 찬찬히 쓰다듬었다.

"학교는 무리할 것 없다. …하지만 아키, 어려운 이야기일지도 모르겠지만 인생에는 이별만 있는 게 아니란다."

조금은 쓰라린 듯한 목소리였다.

부모님부터 시스까지, 소중한 이들과 계속해서 헤어지기만 한 아키의 심정을 헤아렸기 때문이라는 걸 느낄 수 있었다.

그래서 아키는 크게 고개를 끄덕였다.

"알아. 시스도, 그렇게, 말했어."

"…그렇구나."

"응. …수많은 사람과 만나 보고, 누구랑 살지, 택하라고, 했어."

"…시스가, 그랬니?"

망설임 없이 고개를 끄덕이는 아키의 모습에 할아버지는 한 번 더 '그러냐'며 묻고는 웃음을 터뜨렸다. 아키는 조금 떨어져 할아버지의 눈을 똑바로 바라보았다.

"그치만, 택한다니, 잘 모르겠어…. 난, 이제, 헤어지지 않아도 되게, 하고 싶어."

"응?"

"할아, 버지. 나도, 수의사가, 될래."

아키의 미소에 할아버지의 눈이 휘둥그레지더니 이내 촉촉해졌다. 그러나 할아버지는 바로 고개를 돌려버렸다.

"그럼, 열심히 공부해야겠구나."

아키는 할아버지를 쳐다보며 말없이 고개를 끄덕였다.

그것은 어린 아키의 마음에 확고한 목표가 싹튼 순간이었다.

"아키 선생님… 비가 올 것 같아요."

"엇…?"

익숙한 목소리에 눈을 뜬 순간, 서늘한 바람이 뺨을 스쳤다.

부랴부랴 눈을 떠 보니, 데즈카가 키득거리며 서 있었다.

상황 파악이 덜 된 아키는 주위를 두리번두리번 둘러보았다. 눈 앞에 펼쳐진 풍경은 익숙하고 또 익숙한 이노가시라 공원이었다.

"잠 덜 깨셨어요? 산책 중에 쉬다가 잠들어버리셨어요."

"그…, 그럴…, 미미미, 미안해요…!"

황급히 자리에서 일어나자, 무릎 위에 앉아 있던 메로가 화들짝 놀라며 잽싸게 땅에 착지했다. 데즈카는 계속해서 웃으며 고개를 휘휘 저었다.

"괜찮아요. 피곤하신 것 같길래 그냥 일부러 안 깨웠어요. 그런데 날이 흐려지는 게 비가 올 것 같아서요."

"고마, 워요…!"

"그보다 되게 행복한 듯 주무시던데, 혹시 좋은 꿈이라도 꾸셨나요?"

그 말에, 아키는 조금 전 꾸었던 꿈을 떠올렸다.

꿈이란 본디 깨어난 순간부터 흐릿해지기 마련이건만, 머릿속에서 시스의 말이 또렷이 메아리쳤다.

"누구랑 살지, 네가 택하라는 말을, 어릴 때 들었는데, 그 꿈을, 꿨어요."

"오호, 누가 그랬는데요?"

"시스, 요."

"시스…? 시스라면…."

"아니, 하, 할아버지, 요."

"…그렇군요."

데즈카는 난감하다는 듯 웃으면서도 고개를 끄덕였다.

그러는 사이, 비 한 방울이 아키의 볼에 툭 떨어졌다.

"앗… 비…!"

허둥지둥 짐을 챙겼지만, 금세 거세진 빗줄기에 아키 일행은 급한 대로 나무 밑으로 몸을 피했다.

"일기예보에선 밤에나 온댔는데."

"가을 날씨는, 변덕이, 심하니까요."

"그건 그래요. 소나기여야 할 텐데."

아키는 고개를 끄덕였다. 그러나 빗방울이 나뭇잎에 톡톡 떨어지는 기분 좋은 소리와, 피어오르는 흙 내음에 묘하게 마음이 편안해졌다.

그렇게 잠시 둘이 나란히 비를 피하고 있는데, 갑자기 데즈카가 입을 열었다.

"저기. …다음에 저희 학교에 와보지 않으실래요?"

"네…?"

뜻밖의 제안에 아키는 데즈카를 올려다보았다. 이상하게도 긴장한 듯한 데즈카의 표정에 아키는 어리둥절했다.

"괜찮으시면 학교 내부를 구경시켜 드릴까 해서요…. 허가는 미리 받아 둘게요. 아키 선생님, 전에 저희 학교 건물이 예쁘다며 좋아하셨잖아요."

"아… 네! 꼬, 꼭이요! 그치만, 그…."

왜 갑자기 그런 제안을 하는지, 그리고 왜 데즈카가 이렇게 어색해 보이는지 아키는 영문을 알 수 없었다.

한참 침묵하던 데즈카는 뭔가 다짐한 듯 말을 이었다.

"…아키 선생님이 그러셨죠? 그… 저에 대해, 알고 싶다고."

"아…."

아키는 그 말을 분명히 기억하고 있었다.

그러나 막상 다시 들으니 괜히 민망했다. 아키의 시선이 갈 곳을 잃고 흔들리자 데즈카도 덩달아 시선을 돌린 채 젖은 머리카락을 매만졌다.

"혹시나 관심이 있으시다면요."

평소와는 다른 무뚝뚝한 말투였다.

그 말투가 오히려 아키의 마음을 세차게 흔들었다.

"이, 있어요…! 알고, 싶어요! 그, 더, 많이!"

생각보다 더 크게 튀어나온 소리에 당황한 아키와 달리, 데즈카의 눈에선 긴장의 빛이 점차 사그라들었다.

그리고 아키의 진지한 모습을 보며 미소를 지었다.

"알겠어요. 많이 생각해 둘게요."

"네…!"

이윽고 소나기가 그쳤다. 아키 일행은 나무 밑을 벗어나 다시 걷기 시작했다. 비 때문에 한층 쌀쌀해진 공기에 아키는 몸을 움츠렸다.

"금세 겨울이 오겠는데요."

"그러, 게요."

"전 추운 거 싫어하는데."

"…저도, 요."

아키는 고개를 끄덕이며 코앞에 다가온 겨울에 대해 생각해 보았다.

작년 겨울은 어땠는지, 어떻게 보냈는지 기억을 더듬어봤지만 이렇다 할 추억거리가 없었다.

그보다, 데즈카와 보낼 겨울은 어떤 느낌일까.

그렇게 생각하자, 마음속에 따뜻한 온기가 번졌다.

**옮긴이 현승희**

그림쟁이 번역가. 도쿄에서 만화를 전공했다. 일한 번역가이자 외서 기획자, 그리고 웹툰을 종이책으로 편집하는 웹툰 단행본 편집디자이너로 일하고 있다. 옮긴 책으로《오늘, 가족이 되었습니다》,《여학교의 별》,《툇마루에서 모든 게 달라졌다》,《마음이 들리는 동물병원》등이 있다.

# 마음이 들리는 동물병원 2

**초판 1쇄** 2025년 8월 14일
**저자** 타케무라 유키
**옮긴이** 현승희
**편집** 나다연 **디자인** 배석현
**ISBN** 979-11-93324-56-1  03830

**발행인** 아이아키텍트 주식회사
**출판브랜드** 북플라자
**주소** 서울시 강남구 학동로 329 북플라자 타워
**홈페이지** www.bookplaza.co.kr

오탈자 제보 등 기타 문의사항은 book.plaza@hanmail.net으로 보내주세요.
잘못된 책은 구입하신 서점에서 교환해 드립니다.